这是 TA 的故事，

也许，也是你的故事。

这是TA的故事

亿林　菲菲——著

金城出版社
GOLD WALL PRESS
中国·北京

图书在版编目（CIP）数据

这是TA的故事 / 亿林，菲菲著. — 北京 : 金城出版社有限公司, 2022.10
ISBN 978-7-5155-2137-4

Ⅰ. ①这… Ⅱ. ①亿… ②菲… Ⅲ. ①短篇小说 – 小说 – 集中国 – 当代 Ⅳ. ①I247.7

中国版本图书馆CIP数据核字（2022）第160318号

这是TA的故事

著　　者	亿林　菲菲
责任编辑	许姗
文字编辑	王博涵
责任校对	岳伟
责任印制	李仕杰
开　　本	880毫米 × 1230毫米　1/32
印　　张	9
字　　数	180千字
版　　次	2022年10月第1版
印　　次	2022年10月第1次印刷
印　　刷	小森印刷（北京）有限公司
书　　号	ISBN 978-7-5155-2137-4
定　　价	58.00元

出版发行	金城出版社有限公司　北京市朝阳区利泽东二路3号　100102
发 行 部	（010）84254364
编 辑 部	（010）64391966
总 编 部	（010）64228516
网　　址	http://www.jccb.com.cn
电子邮箱	jinchengchuban@163.com
法律顾问	北京市安理律师事务所　18911105819

引子

一

你有没有设想过，假如人生能够重新开始，你会选择以怎样的方式度过?

是会回到当初那个地点，对他说出那句一生未曾说出口的“我爱你”？还是会在跌倒的地方重新站起来，换个方式追逐自己的梦想? 抑或是索性从头来过，再次感受一遍同样的人生?

“老头子！你快点儿，一会儿小可就要来了，磨磨蹭蹭的。水都开了，你饺子还没包好！”

小院子的厨房里传来老太太的抱怨声。自己老婆这喜欢念叨的毛病已经几十年了，亿林早已习惯。他加快手上的速度，附和道：“知道了，知道了！保证不让您孙子饿着！”

菲菲拿过剩下的饺子皮，迅速包起来，假装生气道：“就你这慢吞吞的样子，我看小可要饿到晚上才能吃到这笋干饺子，走开走开，我来。”

冬日午后的阳光暖融融的，照进窗户，菲菲一头银发更显岁月静好。墙上的挂钟，滴答滴答地走着，亿林看着她不由得入了迷。

“看什么呢？我脸上有东西？”菲菲瞥他一眼。

“当然是看我太太了，自己太太还不许看了？你这个人好不讲道理。”

她抓了一小撮面粉，往他那儿一丢，说道：“呸！一辈子就知道要贫嘴，快干活儿去！”

儿子和儿媳忙工作，把孙子送来之后很快就离开了，小可扔下书包，飞奔向亿林，大喊道：“爷爷！我好想你！”

亿林虽然在妻子面前惯常耍赖，但是在孩子面前偏偏喜欢装出稳重的样子，他一把抱住小可，拍了拍他的肩膀说：“好像长高了。”

小可窝在爷爷怀里，他感觉爷爷的衬衫上仿佛有阳光的味道。

菲菲看着一老一小抱作一团，笑着说：“好了好了，可以来吃饺子了！”

吃饺子的时候，小可连连夸赞奶奶包的饺子最好吃，惹得菲菲直笑。说起寒假作业，小可脸蛋红扑扑的，他说老师要他们写一篇作文，标题是《我的梦想人生》，在作文中他写道，以后要当一名宇航员，去外太空。

亿林和菲菲坐在孙子身边，不由对视一眼。说到梦想，说到人生，他们不禁喟叹，这一辈子过得可真快啊。是啊，年轻时的点滴往事无一不在心头，但不知不觉间，自己已长了皱纹，生了白发。他们虽然一辈子过得平淡、美满，但终逃不过时间的魔爪。

下午，小可在房间玩电脑游戏，老两口俩收拾着自己的小花园。寒冬时节，花园里其他花早都谢了，只剩下两棵梅树，花开得正好，一棵粉的，一棵红的。菲菲站在树下，红梅衬得她的眉眼仿佛也含羞带怯。亿林折了一小枝，放在她鬓边，菲菲躲不过，只得任由他戴上。

“真好看。”

“人好看，还是花好看？”

“人比花更好看。”亿林毫不吝啬赞美之词。

“油嘴滑舌几十年！”菲菲拉着亿林在院子里的秋千上坐下，“不过刚才小可说到那个作文题目，我突然想起一件事。我问你啊，如果，我是说如果，人生可以重新来过，你说我们还会在一起吗？”

亿林牵着她的手，看着远处的夕阳，眼神坚定，轻声说道：“就算人生重来一次，我还是想和你共度一生。”

“真的？”菲菲半信半疑地看他。

“当然！其实不瞒你说，我还真的幻想过我们人生的很多种可能。年轻的时候，也许我们一个不同的决定，如今过的就是另一种人生了。想到这些，我就把自己幻想中的种种可能都写成了小故事，只是没给你看。”亿林对菲菲神秘地笑了笑，“我写的这些啊，可能真的是平行时空里另一个我们的故事，所以我在故事里用的还都是我们的名字。不过也许呢，这也是其他人现实生活里的故事。”

菲菲略显疑惑地问道：“你个老头子，什么时候还学会写故事了？我说你这段时间怎么晚上总把自己关在书房里呢，你那些故事，怎么不给我看呢？”

“之前不是没写完吗，现在写得差不多了，晚上就把那些故事翻出来，一篇篇读给你。陶女士，请慢慢欣赏啊。”亿林笑着回答道。

夕阳很好，能与身边的人相伴到老，是他此生最好的运气。

目录

01 世间最好的光景

有一次，我在一座小城的广场散步，一对母子从我身前经过。那位母亲很年轻，她拉着儿子的小手，哄他回家，说晚饭要做他最爱吃的糖醋排骨。我们身边每天都会发生诸如此类的小事，很平常，却也很温暖。而在那一刻，不知为什么，我竟然产生了疑惑。

孩子总会长大，他以后会不会离开这座小城，到更大的世界去发展？也许他会在大城市里成立自己的家庭，拥有自己的事业，但那个时候，他的母亲应该已经老了吧。他会不会在某个节日推掉所有棘手的工作，回到这座小城，让母亲再为他做一次拿手菜，陪母亲度过一个开心的节日呢？

我甚至幻想着自己就是那个孩子，于是，便有了这样的故事。

——亿林

二

关于中秋节，你会想到什么？

是母亲做好的酥炸排骨？是随着父亲酒杯摇晃而四散的潋滟光影？还是随便咬上一口，就齁得牙疼的豆沙月饼？

对于远在异乡的闫亿林来说，中秋如同家乡的月，那样圆，又那样远。

“喂，亿林？”

“好，我就来。”亿林边回应下属边接着电话，“妈！和您说了多少次，白天别给我打电话，我这边事情太多了，实在没时间和您说。”

“对不起儿子，妈给忘了，那你先忙，我晚上再打。”

嘟——嘟——嘟——

亿林忙着完成手上的项目，甚至没给母亲多留一点说话的时间，直接按了挂断键。而他不知道的是，突如其来的忙音，让身在故乡的母亲盯着发黄的话筒恍惚了片刻。她有点自责打扰到了儿子，不该在这时候打电话给他。

开会休息的间隙，亿林站在落地窗边，明亮的玻璃映出一个三十多岁男人疲惫的脸，双眼里的红血丝藏也藏不住，眼下青灰一片，他戴着眼镜，下巴上隐隐透出黑色的胡茬。

看着自己的脸，他没来由地想起了母亲，自然也想起了早上和母亲短暂的通话。因为工作的关系，他甚至记不清自己多久没有回过老家了。好像是半年，又好像是一年，忙忙碌碌，迷迷糊糊，就这么过去了。对，想起来了，今年春节就没回去，因为客户对产品预案不满意，临时要求修改，他和妻子菲菲就没有回家。

墙上挂钟的表针正努力地往前迈进，一刻也不停歇。而他也同这挂钟一样，在这座国际化的大都市里上紧了发条，一旦停下脚步，就会感到无边的恐慌。

已经是晚上九点了，他又错过了回家吃饭，肚子早已唱起了“空城计”，中央商务区特有的霓虹灯明晃晃地亮着，对面那栋楼的电子大屏上，提前两天写上了“欢度中秋”四个大字。可节日的到来没有让亿林感到轻松，他还背着房贷、车贷，还有那间工作室的租金和手下几个员工的薪水，哪一项不是开支？

真难呀！

这天晚上，他家中的电话铃声响起。

“妈？”菲菲才照顾孩子睡下，就接到了婆婆的电话。

“菲菲啊，我托隔壁的阿宋给你们带去的月饼，你收到了吗？”

菲菲坐在沙发上，看了看茶几上的月饼，忙说："收到了，收到了。妈，我和亿林在这边什么都不缺。大城市什么都有，您别担心我们，有啥好吃的自己留着！"

婆婆长期待在农村，为了顾及外地儿媳，别扭地说着普通话，一听菲菲这么说，便笑着说："我那天去县城，想着中秋要到了，去买点东西，正好路过饼铺，这家的月饼是亿林小时候最爱吃的，你也尝尝，喜欢的话，以后妈再给你们买。"

菲菲听了忙不迭答应着。婆婆文化水平不算高，连寄快递也不会，她甚至可以想象，婆婆在村子里逢人就问，有没有人刚好来他们这个城市，请求对方捎带月饼的情形。

"那个啥，亿林不在家吗？"

"这两天公司项目到了要紧时候，我要照顾孩子，得按时回家，他就走不开了，要挺晚才回来呢。要不我让他明天白天给您回电话？"

婆婆沉默了一会儿，说："没事儿，其实我白天给他打过电话了，他忙，没讲上两句就挂了。你们忙你们的，我原本是想问你们中秋节回不回家，妈给你们做好吃的。"她想了想，又补充道："既然这样，你们就忙吧，有空了再回来，也不急这一时。"

可能话说急了，婆婆呛了一下，随即避开听筒咳了几声。咳嗽声闷闷的，听不真切。菲菲当然听得出她的失落，心里也不好受。其实婆婆不打这个电话，她也知道，他们实在是很久没有回去看望她了。

"妈，那这样，我们尽快忙完，很快就回去看您。我特别想吃您

菲菲想，无论如何这次得和亿林说，
回老家看看老母亲。

做的炸排骨，亿林也总念叨着这一口。”

婆婆答应着，但可能是因为知道他们今年中秋没法回家过，情绪始终有点低落，却又小心地隐藏着自己的伤感，大概是怕菲菲为难。结婚十多年了，菲菲每次和婆婆见面或通话，都会为她的善解人意感到温暖和歉疚。

菲菲想，无论如何这次得和亿林说，要回老家看看老母亲。结果这边才把电话挂了，门口就传来了开锁的声音。是亿林回来了。

闫亿林站在自己家门口恍惚了一下，他一整天精神紧绷，早上七点出门，一直忙到了现在像打了一场仗一样。一看表，已经十一点了。饭当然没吃，他饿得发蒙，胃里只有两杯咖啡在晃荡。

“老婆，我回来了。”

“还没吃饭吧？茶几上有月饼，你先垫一垫，我给你热饭去。”菲菲抓着手机，迎过来。

他被菲菲推着去洗手，之后匆匆拆了茶几上的月饼，就往嘴里塞，然后便靠在厨房门口，看老婆忙前忙后。一天到晚，只有在这个时候，他才感觉时间是属于自己的。

月饼塞进嘴里，是豆沙味的。亿林嚼了两口，眉头不自觉就皱起来，问道：“这月饼是哪家的？以后别买了，做得太硬了，还甜得牙疼。”

这几年月饼品牌层出不穷，一家做得比一家好，生怕自己做得不够精致，流失了客人，口味这么复古的月饼已经不多见了。

菲菲刚从微波炉里拿出热好的菜，又去给他盛饭，白了他一眼说："你这个人真是的，这是妈特意托人带来的，说你以前特别爱吃。怎么年纪上去了，口味也变了？"

"啊——"亿林愣了一会儿，突然感觉嘴里的月饼似乎除了甜味，还多了几分说不清道不明的味道，似是酸楚，又像是苦涩，五味杂陈。

年少的时候，亿林一无所有，口袋空空如也，吃上一块粗制滥造的月饼，就能觉得满足。现在的他，银行卡里的数字增加了，身边的同事朋友也逐渐多起来，却连孩童时最喜欢的月饼都尝不出来了。回头看去，抚养他长大成人的母亲，拥有的却越来越少。

很多时候，我们沿着既定的路线，马不停蹄地朝终点奔去，却不曾停下来，等待自己的灵魂。

沉默的气氛一直延续到了餐桌上。亿林一口口吃完了手里的豆沙月饼，连手上的碎屑也没放过。菲菲看着他，不知道他从这月饼里尝出了什么，更不知道，早上那通短短的电话，他和妈妈都说了些什么。

早上的对话，却忽然在亿林的脑海里清晰起来。他那时的语气很不耐烦，说出的话也格外伤人。常年看不见自己儿子的母亲，因为思念孩子，给他打一个电话，却被不客气地指责直至挂断。没想到电视剧里的情节，发生在了他自己身上。

所以，与其说他是在品尝手里的月饼，倒不如说是在惩罚自己

亿林扒着碗里的米饭，
凝神想了一下，决定回家过中秋节。

无意间的不耐烦。他伤了母亲的心，可母亲却千里迢迢托人送到她的爱意。

多年夫妻，不用他说，菲菲也知道他在想什么。“刚刚妈打电话来，问我有没有收到月饼，我听她那语气，应该是挺想咱俩回去过中秋的。”她斟酌了片刻，决定询问丈夫的想法，“你怎么想的？”

亿林扒着碗里的米饭，凝神想了一下说：“我明天和老张说一下，争取中秋当天回去一趟。”

“好，我听你的。”菲菲笑了起来。

茶几上的月饼包装盒红艳艳的，是最传统的花开富贵的图案，对比当下其他月饼包装，样式稍显土气。但那抹红，生生地刺痛了他的眼。

浮萍无根，他在这座城市打拼，感觉自己像一只越飞越远的风筝，而风筝的线就在母亲手里，那是他起始的地方。有母亲在，家就在。

这晚，亿林做了一个梦，梦里他回到了自己的十八岁。

十八岁那年，发生了很多事。原来对他有好感的女同学突然辍学，听从家里的安排，嫁给了隔壁村的富户。母亲下岗，重新干起了农活，养着家里池塘里的鱼，顺带种了一些地瓜。可祸不单行，正值壮年的父亲，在值班时被大火烧伤，在病床上挣扎了几天却没能从死神手里逃回来，灯泡厂只赔了五万块钱。

五万块，一条活生生的人命。

家里的顶梁柱没了，重担一下子压到了瘦弱的母亲身上。生活费、学杂费，都要她一个人扛。

亿林那会儿正读高三下学期，一度想过辍学，去外面打工补贴家用。但是当母亲知道亿林课余时间偷偷去打工赚钱的时候，她气得发抖，用家里的鸡毛掸子狠狠地抽了他几下，那是记忆里母亲唯一一次真正朝他发火。

母亲把他拽到父亲的遗像面前，大哭道：“我和你爹，这么多年就是为了培养你走出这座山，去看看外面！你现在说不念书了，你不念了，我以后怎么和你爹交代？啊？我怎么和他交代啊！”

亿林那会儿脾气很倔，被打了也不吭声，鸡毛掸子抽在身上，疼也是有些疼的，但母亲也没有真下重手，打了几下之后便停了下来，喘着气问他：“你说！你还去不去打工了？”

梦里的场景如同电影一般还原了当时的情形，仿佛隔着玻璃看自己，清晰可见，甚至连那天阳光中的粉尘他都能感受到。

他听见自己说：“妈，我就是……不想你那么辛苦。”

那可能是他唯一一次当着母亲的面号啕大哭，哪怕是父亲去世那天，他也没有哭得这么失态。母亲眼睛通红，摸着他的脸，用方言和他说：“只要你能考上大学，妈就不辛苦，干什么都值得。”

母亲手掌的触感，哪怕在梦里也那样清晰，粗糙的，带着茧，和城市里这些中年太太的手都不一样，那是母亲辛苦半生的证明。

后来亿林当真考上大学，成了村里稀缺的大学生。临近开学，他扛着两个编织袋坐上了绿皮火车。火车开动的瞬间，他眼睁睁看着母亲的身影越来越小，逐渐消失在自己的视线里。

车厢里有人用磁带机放着港星唱的《千千阙歌》，亿林听不懂粤语，却莫名放大了离别的伤感。一摸裤兜，发现里面有几张崭新的百元大钞，还有一些皱巴巴的零票，这是母亲趁他不注意的时候，偷偷塞给他的。

手里的钱骤然烫起来，烫得他几乎握不住。扭头看向窗外，成片成片的绿色往后拉扯，掠过农田，路过小溪。彼时的亿林未曾想到，自己从此成了那只在异乡的风筝，飘飘荡荡，故乡反而成了可望不可即的远方。

再后来，亿林终于知道，唱《千千阙歌》的女星叫陈慧娴。歌词是“来日纵使千千阙歌，飘于远方我路上；来日纵使千千晚星，亮过今晚月亮，都比不起这宵美丽，亦绝不可使我更欣赏。”

外面的世界再好，再繁华，也不及当年村子里的袅袅炊烟。

亿林忽然惊醒。梦境中浮光掠影闪现的十八岁，就这么明了地重映在他心上。怕吵醒菲菲，他小心翼翼地走到阳台，点了支烟。中秋要到了，月亮越来越圆。他家所在的楼层很高，这座城市的夜色璀璨迷人眼，可他看了许久，也没有什么归属感。

他乡纵有当头月，不及家山一盏灯。

不知道母亲在家一切可好，将儿子送到城市，一年到头见不上几次面，她面对着空荡荡的老宅，是否有过一丝后悔？儿子真的走出了大山，考上了大学，成了城里人，母亲却在小村庄里慢慢老去。此刻的她，是否依旧觉得值得？

也该回家看看了，他想。

亿林和菲菲都是行动派，路上折腾，就不带孩子了。他们把孩子托付给朋友，让他们帮忙照看两天，另一边，他们跟老张敲定了项目，紧赶慢赶，终于在中秋这天走上回家路。

动车票、高铁票全部售空，他们只能开车。中秋节的高速公路堵得一眼望不到头，四轮车像蚂蚁一样在路上挪着，也只有在各种传统节日前后才能看到如此景象。

旁边几辆车的车主已经停下来聊天嗑瓜子了，菲菲趁这会儿给婆婆打了电话："喂，妈！我和亿林已经在路上了，大概傍晚到家，您别急。"

婆婆在电话那头显然很开心地说："好啊，你们路上开车一定要注意安全。"

菲菲开了免提，亿林也听得到，他凑过来回答："好，我和菲菲就等着吃您做的排骨了。"

母亲笑着连声说好，反复叮嘱他们注意安全，才挂了电话。

亿林笑着和菲菲说道："你瞧妈多开心啊。"

菲菲拍了拍他的手，找了个舒服的姿势靠在椅背上说："是啊，

回家的感觉可真好啊。

老人家年纪大了，就指望咱们做儿女的常回家看看。”

刻在骨子里的思乡与感性，是中国人特有的浪漫。一颗汤圆，一块月饼，一盘水饺，就能轻而易举击溃成年人的心理防线。千里相隔，容貌会更改，乡音却未变，血缘亦不会断。

一路将车开到了老家，黄昏已至，整座村庄都沉浸在湛蓝的暮色中，乡野小路四周到处都是民房，窗子透出的暖光照亮了他们的回家之路。而母亲就站在自家的院子门口张望着，看到他们的车来，老远就开始挥手大喊：“这里，这里。”

母亲的举动逗笑了车里的两人，回家的感觉可真好啊。

今晚的月色正好，他们把餐桌移到了院子外面。菲菲想要帮忙端菜，却被婆婆拦住，说什么也不愿意让她插手。亿林放好椅子，摆好餐具，坐在院子里看着和自己关系最亲密的两个女人，还没来得及发出感叹，手机就响了。他一看来电，果然是老张。

“喂，老张？”

“亿林啊，甲方那边说你这个产品还要再改改，他们急着明天下午就要，你和菲菲赶快加一下班，再给我一版新的。”

“唉，可是……”

老张很着急地说：“甲方的要求我发你邮箱了啊，已经忙了两个月，最后要收尾了，你们可别掉链子！”

听筒里传来忙音，亿林握着手机，看着母亲和菲菲说笑的样子，感觉怎么也开不了这个口。如果和母亲说现在就要赶回去，她精心准备的一桌子好菜，他们甚至来不及吃上一口，让她白高兴一场，只会加重她的失落，还不如他们俩没回来过。他低下头，看到月光把他的影子拉得老长，延伸到了一双布鞋下。

亿林猛地抬头，看到母亲端着排骨站在不远处，就这么含笑看着他。菲菲在旁边给他使眼色，他正打算挤出笑来说话，却发现母亲已然看穿了他的心事。“亿林啊，你和菲菲有事儿就先回去，妈做的菜什么时候都能吃得上，钱得赚呐。”

她不等他们回应，就转头去厨房拿了保鲜袋，装了排骨塞在他手里，又去握菲菲的手说：“不用挂念妈，妈在这儿一切都好。你们念叨的排骨带着路上吃，等下次回来，我再给你们做别的。”

母亲就这么把儿子儿媳推上了车，目送两人的车越开越远，如同当年她在火车站送亿林走一样，双目满含爱意与祝福。

车里除了广播没有其他任何声响。保鲜袋里的油炸排骨散发出诱人的香气，那是家的味道，后视镜里的母亲仍在努力地挥手，他们之间的距离却越来越远，她逐渐成了一个小黑点，彻底融于月色中，终于看不见了。他紧紧握着方向盘，一言不发。

菲菲最懂身边的男人，他不善言辞，却内心柔软，会在孩子生病的时候急得满头大汗，会在她心情低落的时候贴身陪伴，这样的男人，又怎么会舍得放下自己年事渐高的母亲呢？

“非得现在回去啊？你可大半年没有回来陪过妈了。”

饭还没吃，老张的电话便打了过来。

今晚不回，两个月就白干了。

他声音沉沉地说："老张又把咱们的产品给扣了，今晚不回，这两个月就白干了。"

"算了，吃块排骨吧，还热乎着呢。"菲菲叹了口气，往他嘴里塞了一块排骨。

电台广播里，主播的声音传来。"今天是中秋佳节。中秋是阖家团圆的日子，听众朋友，此刻你是否在回家的路上？无论你走得多远、多快，都希望今夜的你，可以停下匆忙的脚步，回家看看。"

电台里突然放起了那首《千千阙歌》。将近二十年的岁月，在这一刻仿佛重合起来，严丝合缝。还是这首歌，还是在离家的路上。只是二十年前，他满怀热情与期待，向往大山外的世界，不曾想过被留在原地的母亲，她孤身一人，是何心情。

二十年后，他已为人父，有了自己的家庭，而母亲却成了远方遥不可及的思念。他差点儿忘了，当初他考出这座村庄，心里只有一个信念，不是要出人头地，做人上人，而是要让自己的母亲过上好日子。他要赚很多很多的钱，让她快乐，弥补那些年她为这个家吃过的苦。

他忘了，他都忘了。

时光荏苒，他们都被推着向前走，只有母亲留在了原地，一直注视着他的背影。他越走越远，母亲心中纵使有千般不舍，都笑着说没事。

"妈，和你说了多少遍，不要这个点给我打电话。"

“我在忙，一会儿和你说。”

“这次过年，我和菲菲不回去了，手头事情放不开。”

“下次，下次我们早点回来陪你。”

……

刚刚走出家门的时候，母亲说的什么？她好像说的是，她做的菜什么时候都能吃上。可是人生哪里有那么多下次，再见又是什么时候？母亲脸上的皱纹，就在此刻，清晰地出现在他脑海里。

亿林颓然地发现，他阻挡不了母亲变老的进程。

亿林猛地踩下刹车。

“怎么不走啦？”菲菲问道。

“不走了。这些年，走得太远了。”他扭头看向马路上的路灯，蜿蜒到远方。

菲菲笑了笑，问道：“你不怕这两个月白干了啊？”

亿林深吸一口气，如释重负地说：“白干，也比当白眼狼强！”

的确，钱可以再赚，有的人，有的事，比金钱更加重要。中秋夜，多少游子调转了车头，决定奔赴家乡，他不过是其中一人。

“妈！”

两人的身影出现在门口。母亲先是一愣，接着问道：“怎么回来了？”

"不走了，我们陪您过中秋。"

他们坐在院子里，母亲把原先收起来的菜又拿出来热好，摆上。菲菲看她习惯省吃俭用，心里放不下，忽然想了个办法。她挨着婆婆，试探着问道："妈，我和亿林想了想，您在乡下我们实在放不下您，您搬来和我们一起住，行吗？孩子在家一直念叨要奶奶陪呢！"

亿林猛然看向妻子，她调皮地眨了一下眼睛。这事菲菲没和他商量过，是她自己决定的。他恍惚了一下，才附和道："是啊，妈，您不是说想看孩子吗？这样您天天都能看到孩子了。"

母亲手里夹着菜，看了看两个年轻人，想了片刻，点了点头说："好，一起住。"

山月同辉，灯火可亲。

有亲人的地方，便是世间最好的光景。

02 总有人会无所畏惧奔向你

我上高中的时候，班里有一个女同学给我留下了深刻的印象。她家境宽裕，除了正常的学业之外，父母在艺术方面也费了心思培养她。和我们不同的是，高中三年，她始终坚持着艺术的学习和训练，只为了考取自己理想中的艺术类大学。而她终于如愿以偿。

我们所有人都认为她一定会在艺术领域有着长足的发展，也许可以成为一名艺术家。然而时过境迁，在毕业多年后的一次同学聚会上，我听别人说，那位女同学并没有如大家想象中那样继续她的艺术道路，而是在大学毕业之后，留在了那个离家很远的城市，结婚嫁人，成了一位全职太太。

班里的同学都在替她惋惜，曾经几个跟她关系要好的女生也和她几乎断了联系，没有人知道她在那个陌生的城市过得到底好不好。那天聚会我喝了些酒，回家路上，我站在江边，看着霓虹闪耀的街景，不禁在想，假如这位女同学的故事发生在菲菲身上，作为她的爱人，我又能为他做些什么呢？

——亿林

三

家，意味着什么？

是下班回家后，家人为你端上的一碗热气腾腾的鸡汤；还是受了欺负以后，家人们聚在一起义愤填膺；或者是年夜饭里，南方的一道甜年糕，北方的一道韭菜水饺。

从古至今，思乡之情是中华儿女不变的灵魂寄托。不管身在何方，望见天上的月亮，或是品尝到熟悉的家乡美食，就会让身处异地的漂泊者，瞬间回忆起在家乡的时光。

“你现在过得好吗？年少时候，说要一起仗剑走天涯的儿时玩伴，如今都在哪里？你们还联系吗？”

深夜电台里，男主播的声音配合着催人泪下的背景音乐，不经意间，让人心思飘忽，感到一种突如其来的悲伤。孩子被接到爷爷奶奶家玩去了，老公亿林出差不在家，菲菲独自一人在书房里，听着电台里的男声发呆。

她伸手碰自己的脸，才发觉自己竟然哭了。那苦涩的泪水带着点儿咸，身在异乡的人，多年之后，像被突然打开了阀门，猛地想起了自己家乡，以及家乡的亲人和朋友。

嘀嘀——嘀嘀——

通讯请求闪烁在电脑屏幕，通讯框上，是一只小猫在伸懒腰，勾人地眨了下眼。菲菲不看名字都知道是谁——那一群姐妹里，唯一一个读了艺术专业，放荡不羁爱自由的Vivi。

Vivi是她同学，从高中到大学，两人都似姐妹般亲密无间。只是奈何人总要长大，大学毕业后，菲菲选择了留在青北，和本地人亿林结婚，而Vivi听从家里的安排，出国读研。这一读就是两年，两年之后她选择就地工作，因为工作繁忙，她已经很久没能回国了。

视频接通，Vivi的脸就猛地出现在画面中。“菲菲！”Vivi举着手机，激动地和她打招呼，“我就知道你还没睡。”

是啊，她作为一个全职太太，偶尔兼职画创意广告和动漫，她不用遵守朝九晚五的上班时间，所以亿林不在家的时候，她深夜也可能没睡，她也因此成了众多身在异国的友人经常联系的对象。关系好是一部分，主要是能找得到人。

“你在干吗呢？”菲菲喝了一口橙汁问她。

Vivi画着夸张的眼线，白色西装下，一件银色亮片小背心被她身后的晚霞染上了紫粉相间的浪漫色彩，让她本来有些攻击性的五官瞬间柔和起来。

“人家想你啦！”Vivi站在铁艺护栏边上，手指着远方的融融落日，还有底下罩在金色夕阳里的一片错落有致充满异域风情的房子，“你看，我在佛罗伦萨！佛罗伦萨你知道吧，意大利！”

菲菲和 Vivi 原本学的是同一个专业，只是她后来因为结婚而没有选择继续深造，不然这些风光，她也有机会自己亲自去看看的。她眉眼含笑，尽力克制眼底的向往，看着好友说道：“知道，知道！你不是在德国吗？怎么去佛罗伦萨了？”

Vivi 坐在高墙上的咖啡厅里，左手边是无数画家和诗人称赞过的绝美落日，右手边是书房内的菲菲，她故作优雅地拿起咖啡杯，做了个夸张地赏味表情，吧唧一下嘴，随后说道：“我这不是好不容易有了假期，就一个人跑来逛逛。对了，差点忘了告诉你，我要准备回国了！”

“啊？”菲菲很吃惊，因为在她的记忆中，Vivi 是一个坚定的理想主义者。五年前，Vivi 听说她放弃读研，要留在青北和亿林结婚的时候，是相当不认同的，为此她还被 Vivi 批评了一下午。

“你说你啊，陶菲菲，全专业第一的成绩考进美院，画秃了多少只笔，画纸摞起来都能顶到天花板的人，临门一脚了，你说不去就不去了？你要去享受你的二人世界，让我孤身去德国？”Vivi 扶着自己的额头，“我真是不懂，是爱情让你盲目的吗？他闫亿林到底是有什么魔力，能让你毕业远嫁，背井离乡？让你亲手折去自己的翅膀，啊？”

菲菲不敢回嘴，毕竟是自己食言在先，Vivi 生气也是理所应当

人生就像一条旅途，
你会面对一个又一个分叉路口，
每个路口，都指向截然不同的人生。

的事情。那会儿她和亿林在一起两年了，正是热恋期，不巧的是亿林的爷爷病了，想早点看到孙子成家，一来二去，她就答应了亿林的求婚。

但这是单纯为了老人家高兴吗？肯定不是。热恋期蜜里调油，哪怕身边朋友不看好，家里人反对，外界的声音再三阻挠，菲菲就是想一条路走到黑。她从小都是听话的孩子，唯一的一次叛逆，竟是自己的婚姻大事。她想挺直腰杆，拉着亿林的手，证明给那些反对的人看：你们瞧瞧，我们好得很，我不后悔。

但在她拿起画笔的时候，还是会想起曾经那个为了梦想拼搏的自己。如果当初没有停留，如今的自己可能会很不一样吧。做个世人眼中的独立女性，游历欧洲，看佛罗伦萨的落日，欣赏巴黎铁塔下恋人们的深情相拥。可是开弓没有回头箭，她已经不可以回头了。

其实人生很多时候都像走在一条充满迷雾的旅途，这条路上会有不同的声音出现，你也会面对一个又一个分叉路口，每个路口都指向截然不同的人生。你听见自己内心的呐喊，然后毅然决然地走向重重迷雾之中。我们并不知道迷雾的另一端，到底是荆棘满布还是繁花锦簇。人生如棋，落子无悔。此时此刻，任凭菲菲再怎样追忆往昔，也已经没有任何意义了。

“你不是说要在德国一直工作吗？绿卡都拿到了，怎么又要回来了？”

Vivi托着腮帮子，长叹一口气说道：“不行啊，我有一个中国胃。”

不愧是 Vivi，别人的中国心，到她这里反而成了口腹之欲。但谁说想念家乡美食不是对家乡的一种热爱呢?

“其实还有一个原因啦，我喜欢的人在国内，爸妈也在，你们也在，我人生中最重要的人都在，我也该回去了。”

对于 Vivi 而言，中国便是故土，从德国到中国，七千多公里的漫长之路，成了她梦寐以求的归途。但对菲菲来说，尽管车程只需要四个小时，故乡离自己却是那么遥远。原来人的成长，总是伴随着诸多无可奈何。她和亿林结婚，选择在他所在的城市定居，回家乡的次数一年少过一年，自从有了孩子以后，她就更走不开了。

菲菲拿出手绘板，不多时，电脑上就出现了家乡的落日。江边有三个背影，看不清脸，两个大人，一个小孩，残阳如血，壮丽秀美，可如今同父母再看一次落日，竟都成了奢望。

菲菲的父母都是老一辈的艺术家，妈妈是文工团里的舞蹈演员，爸爸是大学美术教授。他们从小培养她，希望她勇于追求自己的梦想，一辈子做自己喜欢的事情。可他们没想到自己的女儿的梦想竟然是离开故土，嫁给一个外地小子。

菲菲的父母日常虽然比较严肃，但绝不是不讲理的性子。可在她结婚这件事上，菲菲和父母爆发了激烈的争吵。父母说什么都不乐意她远嫁到青北，不管她费多少的口舌，他们都不肯松口。

逢年过节，菲菲还是会和亿林一起回家。
亿林每次都给爸妈带一堆礼物。

“陶菲菲，我对你太失望了！”陶爸爸说。

“你嫁给他吧，你嫁吧！就当我们白养了你这么多年！”陶妈妈说。

没有父母祝福的爱情，真的会幸福吗？后来结婚的时候，菲菲父母也仅仅是到场，聊表尊敬，全程也没多少笑脸。

婚礼现场，她挽着爸爸的手走上红毯，亿林前来接她，爸爸扭头就要走，甚至连一个拥抱都没有给她。爸爸的背影冷漠又决绝，她握着亿林的手，频频回头，却不得不向前步入自己的另外一段人生。在那一刻，她觉得自己和父母的距离越来越远，即使她拼命伸手挽留，也留不住了。

婚礼结束后，菲菲父母回老家之前，爸爸在火车站一脸严肃地说：“路是你自己选的，从小我们就教导你，落子无悔，往后的日子，你得自己好好过，别后悔。”

父母走进了候车厅后，她一个人在人流中站了许久，然后便蹲下身子号啕大哭，就像一只无家可归的小动物。

这些年，菲菲和父母的联系并不密切，但逢年过节，她还是会和亿林一起回家。亿林倒是懂事，每次都给爸妈带一堆礼物，陪妈妈做饭，陪爸爸下棋，好歹关系算是缓和了一些。

这就是她选的路，她背离了自己的全世界，奋不顾身地选择了爱情。日子过得还行，就是不敢问自己，这样做到底值不值得。

又过了几天，菲菲的生日到了。那天早上她接到了小鹿的视频通话，几个女孩子在电话那边叽叽喳喳，努力把头塞在镜头里，一起给她庆祝生日。

“你们的礼物，我都收到啦。”菲菲抱着早些天收到的礼物给她们展示。

朋友小鹿和阿茗嘴里喊着：“一、二、三！”她们身后的大昕与橙子和她们两人异口同声：“生日快乐！”

四个女孩同时说出口的祝福，让菲菲感动得红了眼，她几乎想放下一切，跑回老家去拥抱她们。

“想你们了。”菲菲略带伤感地说。

“谁让你嫁那么远的？当初劝都劝不住。”橙子冷哼声。

大昕在旁边附和道：“就是，找你那优秀的老公陪你过生日，好好浪漫一把。”

“浪漫什么呀，出差呢！还不知道回不回得来呢。”菲菲摇了摇头。

阿茗劝她道：“那你找你那边的朋友陪你呀。”

“哎，别说了，哪里有什么朋友，这边的方言我到现在还听不懂呢……”

视频那边的女孩子们嬉笑着，笑声能把屋顶掀翻了，而她们当中其实还少了一个人，方圆。

她们是年少玩伴，六个人一起长大，在绑着羊角辫的时候就约定好，以后长大了，一定要当彼此的伴娘。

那些年，大家正值青春，稚嫩的声音互相承诺着，说要做一辈子的朋友。可是永远只是一个伪命题，生命有长短，花开花落自有时，每一段感情也有保质期。只是那时的我们太年轻，不知永远的意义罢了。

去年方圆结婚，邀请菲菲回去当她的姐妹团成员，可惜碰巧赶上孩子要办入学，而亿林又因为工作走不开，菲菲无可奈何地放了她鸽子。方圆为这事气得跳脚，在电话那边问她是不是嫁人以后连朋友都不要了。

这五年来，菲菲的琐事太多，顾不上联系朋友，即便她们发消息给她，她也回得有一搭没一搭，不是故意冷落，只是实在是太忙了，所以经常忘了回复。

菲菲不无自责地想，事实上，自己确实辜负了她们的感情，可她连定好的婚礼之约都未能到场，还谈什么姐妹情深呢？后来方圆一气之下不再和菲菲联系了，不管她怎么道歉，都于事无补，她亲手断送了她们之间的友谊。

前段时间，她独自去逛街，咖啡厅里在放《时间煮雨》——

我们说好不分离，要一直一直在一起，
就算与时间为敌，就算与全世界背离。

几个放学的女高中生勾肩搭背地从落地窗前走过，她向往地看着她们，仿佛看到了曾经的自己。

她给在外地出差的亿林发了个消息，问他什么时候回家，亿林却说还要一段时间，紧接着便给她转账，让她给自己买点好吃、好玩的东西。作为丈夫，他向来慷慨，只是菲菲看着这转账，并没有感到快乐，她有点想家了。

就像今天一样，哪怕是她生日，亿林也未必能回家陪她。她甚至觉得他好像忘了今天是什么日子，连一句祝福的话都没有。

和姐妹们聊完，手机里弹出一个消息提示。菲菲点进去看，椰子树风景照的头像，是妈妈。

“宝贝女儿生日快乐！你爸前几天就特意提醒我了，就是他别扭得很，不肯自己发消息，你甭搭理他。我偷偷跟你说，这个老家伙，五年前你结婚那会儿，他在我这大哭，嘴里说着狠话，心里却都是你。他还特意学了手机点外卖，蛋糕快送到了，你一会儿记得开门。爸爸妈妈永远爱你，你是我们一辈子的骄傲。”

门铃刚好响起，菲菲捧着手机去开门，从外卖员手里接过蛋糕，没想到爸爸给她挑的蛋糕竟然还是凯蒂猫的款式。

把蛋糕抱在怀里，菲菲突然哭了。她在爸妈眼里永远都是小孩子，可是小孩子以为自己长大了，叛逆且自私地伤了爸妈的心。而他们只能眼睁睁看着她一步步走远。她自己走向了一条背井离乡的分岔路，从此良辰好景，都与他们共享。

所以她做的是正确的选择吗？到底值得吗？

和小姐妹的视频通话并没有消除菲菲的孤独感。

她不知道答案。

已经晚上九点多了，亿林才风尘仆仆地回到家，他看到菲菲一个人坐在餐桌边，桌上摆着一个蛋糕，试探着叫了一句：“老婆？”

菲菲没什么表情地回应了一句：“回来了？”

亿林似乎刚刚才想起今天是她生日，拍着晚袋大叫一声说：“哎呀，今天是你生日啊！别管桌上这些了，带着蛋糕，咱们出去吃。”

本来就很不情愿，到了楼底下，菲菲看着亿林的车，彻底发起火来喊道：“闫亿林你什么意思？你竟然连我生日都忘了。回来这么晚，这都几点了？还过什么生日啊？”

亿林一脸歉意地应道：“行行行，我的错，想去吃点什么？”

“我都不求你送什么礼物，好歹送束花吧？结果你还给忘了？不吃了！”菲菲说完转头就想走，刚走没走几步，菲菲就听到车子里传来一阵笑声。

“你不吃，我们可还饿着呢！”

菲菲愣住了，她不敢相信自己的耳朵，转头看向车子，发现后车窗缓缓摇下，露出几个女孩子熟悉的笑脸。

橙子抗议道：“我也饿着呢！”

“大老远跑过来，饭都不管啊！”大昕笑着揶揄她。

“就是就是！”

菲菲几乎控制不住自己的表情，她飞跑过去拉开车门，女孩们争先恐后地下来拥抱她。最后一个下车的人竟然是方圆，她默默不语，微笑地看着菲菲。

“怎么，不认得了？嗯？”方圆歪着脑袋问道。

怎么可能不认得，菲菲略显惊讶地去看亿林，而亿林一脸宠溺地对她笑着。

“你们怎么全来了啊！”菲菲扑过去拥抱她们，就像抱住了自己的青春。

“问你老公啊！”

“林哥策划好久了，知道你想我们了，就开了四小时的车，把我们全拉来了。”

她在闹，他在笑。

距离不会成为问题。

总有一些人，会带着沉甸甸的爱，无所畏惧地奔向你。

愿每一份付出的真心，皆有回应。

03 平淡日子里的风

去年初夏的某个晚上，我心血来潮想去跑步，但是南方的暑气很快让我败下阵来。就在我穿着那件早已湿透的运动衣走回家的时候，旁边突然钻出来一辆电动车。一个外卖员用车带着他的女朋友，车子后面还驮着一只破破烂烂的外卖保温箱。他们的电动车其实已经没电了，外卖员想用最后残余的一丝电量开回家去，他的女朋友坐在后座，手里提着一些熟食，还不断用脚蹬着地，想给车子多一些助力。

他们就以这样的姿态从我身旁略过，看上去甚至有些滑稽。然而从他们的对话里，我没有听到一句抱怨，两人反而有说有笑地谈论着回家之后的晚饭。不知是不是错觉，看着他们歪歪扭扭的背影，我感觉好像有一袭凉风吹过来。

——亿林

三

年轻的时候，你应该也幻想过自己未来的另一半吧？还记得梦想中的伴侣是什么模样吗？

他可能彬彬有礼，穿着西装三件套，让你在一众朋友面前很有面子；他或许是位埋头苦干的科研人员，不食人间烟火，不谙世事，却独爱你一人；他兴许还会是扎着小辫子，哼着说唱词的潮男，肩上搭着皮衣，歪着头，在相遇的街角，为你送上一束红艳艳的玫瑰。

那么，你们的想象实现了吗？也许有，也许没有，这都不是问题。不过事实证明了这样一个道理，我们轻易不会遇见骑白马的王子，也不会邂逅开跑车的总裁，他们都属于人群中的极少数。我们心仪的对象，十有八九只能骑着他心爱的小摩托邀你共赴美妙人生。那又能怎么办呢？自己选的另一半，还能轻易散伙不成？

此时此刻，站在公司门口吹着冷风，看着夜色渐沉的菲菲，就是这么安慰自己的。

菲菲打开手机，日历上标注的小红点是纪念日提醒。今天是她和亿林结婚五周年的纪念日，都说婚姻有七年之痒，看来还没到七年，就已经很痒了，而且闫亿林的皮也痒了。她明里暗里地提示，从好几天前就给他使眼色，结果到今天早上出门，她还是没有收到一丝一毫的反馈。她越想越觉得生气，狠狠跺了一下地板，没想到身后传来同事美琳的招呼："菲菲！"

菲菲素来性子要强，绝不能让自己在人前失态，于是立刻调整了表情，笑着回头应道："你忙完啦？"

美琳和她终于站在了同一台阶上，九厘米的高跟鞋让美琳走得很慢，她抱了抱肩膀道："是呀，今天是我和我老公认识三周年的日子，他说要带我去庆祝一下，我差点以为自己要加班了！"

生活中总会遇到这种同事和朋友，你问她一个问题，她总要有意无意地先把自己最想说的话说一遍，最后再轻描淡写地回答你提出的问题，美琳就是这样的"模范同事"。

现今网红博主层出不穷，追捧者无数，很大一部分原因在于他们善于贩卖美好。如同我们经过花店，芳香馥郁、美艳绝伦的鲜花会吸引我们停下脚步。花香是迷幻的，花期是短暂的，美好的事物终会逝去，所以绽放的瞬间才值得人们驻足观赏。

我们看到商店橱窗里的名贵珠宝，哪怕买不起，也会忍不住多看两眼。它们光华璀璨，标着我们无力支付的高昂价格，让这些旷世奇珍成为我们向往的东西。而得不到的东西，人们往往觉得美好。

当然，以上种种，人生赢家美琳通通拥有。所有人都知道，菲菲所在的部门有一个经常收到鲜花，手提名包，戴着价格不菲的项链的少妇。菲菲就坐在她的旁边，而偏偏这位“人生赢家”还很喜欢展示生活，就连她们的工作成果，也要时不时被拿出来做对比。

菲菲自认不是什么“柠檬精”转世，但也架不住日复一日地比较。她唯一能赢过人家的，可能就是眼角多一道的皱纹，想到这里，更添一抹心酸。而这种羡慕的情绪，在美琳老公到来的时候达到了顶峰。远处开来了一辆保时捷，暗色的金属烤漆，即使在傍晚的光线下也依然熠熠生辉。车在菲菲跟前停下，她当然不会自作多情，因为这辆车她眼熟得很。紧接着，旁边的美琳朝她招手道：“我老公来接我啦，你怎么回去啊？”

菲菲略显尴尬地回答说：“那个……我老公也来了。”

美琳和她的老公坐着保时捷去过甜甜蜜蜜的二人世界了，留菲菲独自一人在公司门口吸汽车的尾气。亿林怎么回事？他不记得结婚纪念日就算了，竟然还让她等这么久。菲菲坐在路边的花坛上，打了几通电话没有人接听，也一直也没见到他的身影。

菲菲百无聊赖，开始翻看手机，里面有一个照片文件夹，是她和亿林的一些共同回忆。亿林从不翻看她的手机，所以他大概不知道这个相册的存在。他们两人虽说结婚只有五年，但在结婚前已认识很久。

美琳被豪车接走，
留下菲菲独自一人等着亿林。

菲菲和亿林都是本地人，两个人的父母是挚友，可能这就是别人所说的青梅竹马吧。自打记事起，亿林就经常出现在菲菲的视线里。小时候的亿林很调皮，一会儿揪她辫子，一会儿给她使绊子。但菲菲岂是那种甘于示弱的人？她既不告诉老师，也不告诉家长，哪里有压迫，哪里就有反抗，她选择打回去。每次看亿林被揍后的表情，便觉她苦心修炼的“如来神掌”，还是颇有成效。而亿林则是屡战屡败，屡败屡战，直到他成功娶到小青梅，抱得美人归。

照片里，三四岁的她站在亿林身边，笑得傻兮兮的。用胶片拍摄的照片其实已经有点模糊了，那天菲菲拿手机翻拍的时候，才发现尽管时光带走了孩童的稚嫩，却留下了他们二人的天真。不得不说，还是很值得庆幸。

手指滑动，下一张照片是他们高中时代的运动会。那会儿诺基亚还是手机中的王者，她被当作壮丁拉去凑数参加长跑，那跑道可真长啊，怎么跑都没有尽头。虽然名次排了倒数，但跑道尽头疯狂朝她招手，为她打气拍照的亿林，还是很讲义气地给她端茶倒水，并自掏腰包请她吃了一顿牛排大餐。她后来才知道，那顿牛排吃掉了他将近半个月的零花钱，为此他啃了很长时间的馒头和咸菜。如今这一切想起来还是很甜蜜的。

这些存在于她脑海里的故事，她其实很少和人提起，甚至亿林也不知道她对于过往的二十多年，到底忘了多少，记得多少。回忆这种东西，是很私密的。对于旁人不值一文，对于当事人，却千金难换。

相册里记录了很多过往。他鼓起勇气表白的时候，用糟糕的文笔写的情书；第一次约会时下的大雨；他们决定结婚那天，他郑重地为她戴上的戒指；还有她生病住院，他忙前忙后，顾不上自己吃饭，就一直盯着她，怕她渴，怕她疼，最后在床前累得睡着了的时候的样子……这些回忆，被定格成一张张的照片，在内心逐渐发黄变旧，旧到她已经很久没有打开过了。这两年她内心惶惶，怕再看的时候，不是当初的心境，怕自己后悔当初做出和他结婚的决定。

她爱他，应该更爱他。每次被生活的鸡零狗碎打扰的时候，菲菲都这样告诉自己。今天鬼使神差地打开相册，她发觉自己依然清晰记得那些快乐和感动。这些静态的画面，如同被安放在角落的DVD碟片，每一张，都足以构成一场电影。一个吻，一个拥抱，一句玩笑话，一个郑重的承诺……

滴——滴——手机提示电量不足。菲菲从无边无际的回忆中回过神来，天已经彻底暗了。四周车水马龙，正是下班高峰期。小路尽头，一辆摇摇晃晃的小电动车从远处驶来，停在她跟前。与此同时，亿林递过来了一只头盔。那个头盔是她亲自买的，上面印着卡

面对菲菲的责备，
亿林手里提着烤鸭，一脸委屈。

通人物，可爱得过分。

菲菲在心里想，亿林可得感谢她这个秘密相册，不然一定会对他生气，也不看看她腿上被蚊子叮了多少个包。

亿林一来就嬉皮笑脸道：“等急了吧。”

菲菲故意发脾气说：“我早说我坐公交车回去，你还非要来接我。我都等了一个多小时了，这天都黑了！”

没想到亿林委屈巴巴地说：“我这不是堵车了嘛。”

“你这破电动车，你堵啥车呢？人家开车的都把人接走了！”菲菲瞪大了眼睛，简直不敢相信自己的耳朵。

“唉，你是不知道今天城南有多堵！”亿林似乎一言难尽。

菲菲戴上亿林递过来的粉色头盔，一头雾水地问道：“不是，你去城南干吗呀？”

亿林笑笑说：“你昨天不是说想吃赵师傅家的烤鸭吗？我排队都排半天了。”

菲菲看了看他提在手上的烤鸭，一阵风吹来，带来了烤鸭的香气，还是过去的味道。

说起这烤鸭，其实还是有一段故事的。亿林和菲菲朋友般地相处了二十年，这期间，亿林没谈过恋爱，而菲菲却有过一段无疾而终的感情。

菲菲所在的大学位于他们家乡相邻的城市，她当时交往的男朋友是她的学长，当地人，比她大两届。大四下学期开始，那个学长便不在校内上课，外出实习去了。

年轻使人冲动，做事往往只顾前路，不想退路，恋爱的时候也完全放任自己的大脑被荷尔蒙支配，菲菲甚至想着为了学长在异乡停留。学长高大帅气，用现在的眼光来看，就是大家口中的白月光。但那时候的菲菲全然不知，青春回忆里的白月光是无论如何也照不进多年后的浊浊现实的。月光虽美，却是怎么也抓不住的冰凉。

他们分手的时候并没有发生什么惊天动地的事，只是在学长毕业前夕，两人吃了一顿饭。菲菲满怀期许地想要告诉他自己的未来规划，却不知他的未来里从没有她。

她听见学长说："菲菲啊，你值得更好的人，我现在……"

菲菲已记不得自己当时回答了什么，又或者她只是打断了他善意的发言，然后礼貌地告别。没什么好埋怨的，现实永远比感性更加重要。不过话虽如此，菲菲还是觉得心痛和遗憾。回到宿舍，菲菲没有和舍友说起这件事，思来想去，似乎只有亿林才是最好的倾诉对象，反正从小到大，自己的糗事他见得多了，不差这一件。

菲菲坐在黑漆漆的楼道里给亿林打电话，而他正在打球，却也不忘耍贫嘴调侃道：“哟，贵人来电，有何贵干？”

菲菲方才的委屈，在这一刻突然释放，她瘪瘪嘴说：“我想吃赵师傅家的烤鸭了。”

亿林当然不傻，他听出了菲菲情绪不对，于是找了个安静的地方，问道：“除了烤鸭，还想吃什么？”

“还有他们家隔壁的小龙虾！”

亿林什么也没问，只说了一句：“好。”

菲菲说的那家烤鸭店在邻市，她其实根本没有指望能吃到烤鸭，只是想找人说说话而已，可没想到第二天一大早她就接到了电话。

“我在你学校门口，出来。”

菲菲呆呆地走到校门口，就看到亿林穿着运动服站在那儿，左手拎着烤鸭，右手拎着小龙虾，朝她露出八颗洁白的牙齿。他们在校园操场看台上你一半我一半地分享了美食，菲菲一边吃一边掉眼泪，亿林则一声不吭地给她递纸巾。她抬起头看着操场道：“你说，我是不是很没用啊？不就是失恋吗，有什么好哭的！”

亿林走到她身边，大概是怕她尴尬，也没有去看她泪流满面的样子，只是手插裤兜，撞了她的肩膀一下说：“喂，想哭就哭吧。你看，这大清早的操场上也没有人，没什么可丢脸的。和你分手，是他没有眼光。”

亿林不太会安慰人，讲这些话也讲得生硬，菲菲余光瞥见他挺得笔直的身子，突然“噘”了一声，然后笑了。也是，人这一辈子就像一场旅途，沿途的风景再好，也未必只属于你一个人。就算有一天失去了过往的拥有，又有什么大不了呢？

很长一段时间之后亿林终于和菲菲表白，她既震惊，又觉得在情理之中。这个男人在别人眼里看起来普通，个子不高，长得不算很英俊，可在她看来，毕竟是他陪伴着自己走过了这二十多年的人生。拿到亿林有点儿老土的情书，菲菲想，也许兜兜转转，他才是自己想要的那枚契合的齿轮。未来的岁月，她也希望一直有他陪伴。

所以说两个人从青梅竹马，到走进婚姻殿堂，那只远道而来的烤鸭可谓功不可没。菲菲觉得自己再也找不到另外一个人会因为她的一句话而远赴千里，只为了给她带爱吃的食物，只为了来看看她过得好不好。

菲菲看着烤鸭，又看看亿林，虽说时光流逝，曾经的少年在外表上似乎添了些许油腻，但他的心意仍如旧时一般，赤诚热烈。

亿林笑着说：“走，上车！咱们回家吃烤鸭！”

菲菲坐上车，就听他继续在那碎碎念道：“我还叫了外卖，是你喜欢的那家水煮鱼，今天不是咱们结婚纪念日吗，有点儿晚了不

平淡的生活，跑起来就会有风。

好出去庆祝，先凑合一下，过几天我们上街下馆子，再正式庆祝一回！坐好了？”

“坐好了，坐好了！”菲菲来不及感动，才启动的小电驴就突然刹车，吓得她紧紧搂住了亿林。她一拍亿林，有些害羞，“干吗呀？老夫老妻了还来这套？”

没想到亿林还是一贯地善于破坏气氛：“你少来吧！怎么你一上车就没电了呢？你最近是不是又胖了？”

菲菲委屈道：“你自己不充电还怪我啊？你还嫌我胖！”

“行行行！出发出发！咱这将就着还能骑，来来来，搭把脚。”亿林赶紧截住她的话。

菲菲则假装生气地说：“我真是服气了，叫你换电瓶你不换！”

夜色下两人就像两只企鹅一样，摇摇摆摆地往家的方向驶去，远远地还能听见他们的对话。

“我跟你说，结婚纪念日礼物其实我都买好了，就在你床头，你都没发现？什么眼神啊！”

“那你不直接跟我说？”

“惊喜！你们女人不是都喜欢惊喜吗？”

“别惊喜了！你快蹬吧！别偷懒啊！”

“咱们今晚拍个合照，放进你那个相册里吧。”

“什么相册？闫亿林！你竟然偷看我手机！”

“没，就那天不小心看到的！”

……

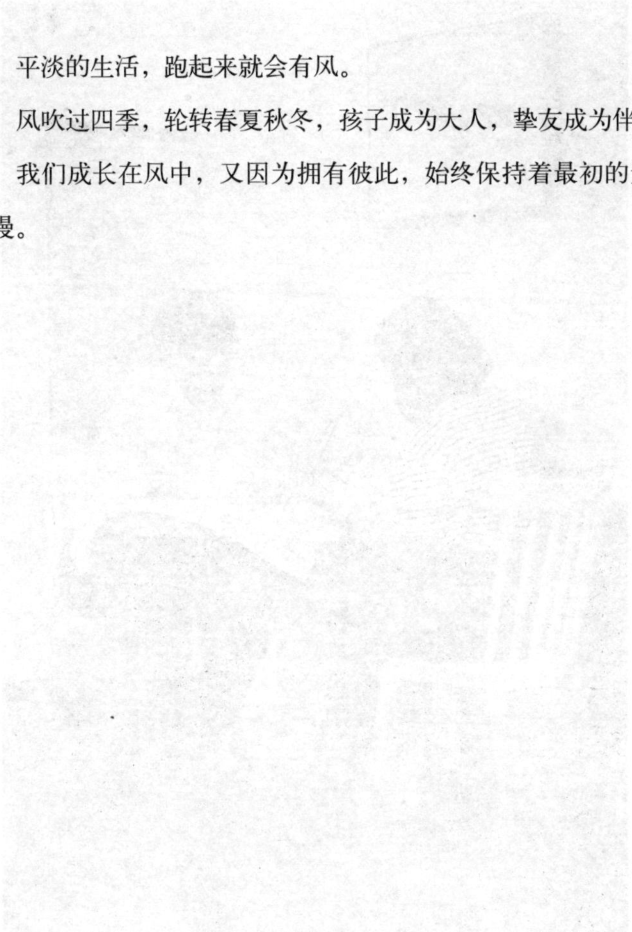

平淡的生活，跑起来就会有风。

风吹过四季，轮转春夏秋冬，孩子成为大人，挚友成为伴侣。

我们成长在风中，又因为拥有彼此，始终保持着最初的天真与浪漫。

HUMPBACK WHALE

04 只要是你就好

前些天和朋友一起吃饭，席间朋友说自己的表姐正在考虑离婚，至于原因，是他的姐夫每天忙于工作，根本无暇顾及家庭。不要说各种纪念日的惊喜浪漫了，就连日常生活里的鸡毛蒜皮，也基本上是朋友的表姐在独自面对。然而这个矛盾尚未解决，家里老人又催着他们要孩子，这简直成了压倒骆驼的最后一根稻草。

俗话说，家家有本难念的经。听朋友说了这个事情，我想起自己也有段时间因为工作而忙得完全顾不上家里，大小事情全都丢给了菲菲去做。假如我到今天都保持着那样的状态，我和菲菲的未来又将何去何从呢？

——亿林

三

“生命是一袭华美的袍，爬满了虱子。”张爱玲在她的《天才梦》里如是写道。

年少时读张爱玲，觉得不过是春花秋月的多愁善感。如今想来，却是凿刻在胸膛的寸寸伤痕，每一个词句都带着刀子，深入肺腑。

初听不知曲中意，再闻已是曲中人。现在想来，为什么大家都在成年后怀念少年时代，大概是想透过记忆，回看曾经满目憧憬的自己，对于未来，对于梦想，对于自己的爱人的完美设想。

菲菲和闫亿林结婚已经三年多了。她原本没有太多感觉，直到那天和好友小麦聊天，才惊觉，原来自己成为已婚人士已经那么久了。

“菲菲，我和我老公结婚一周年纪念日，我想和他一起出去旅游。你有没有什么好地方推荐啊？”小麦在电话那头问道。

菲菲在传媒公司上班，做文案编辑，但她大学所学的专业是酒店管理，所以对各大旅游景点也有所了解。她想了想，对小麦说："云南吧，风光好，雪山、森林、湖泊都有。"

"可是我们蜜月去过云南了，还有其他地方吗？你和老闫之前都去的哪儿？"

小麦无意的一句话，成功哽住了菲菲。是啊，她和自己家这位先生，之前都去的哪里呢？好像哪里都没有去过。就连蜜月，也因为他工作繁忙，无限期地延后了。

小麦以为手机信号差，在电话那头连连叫她，而菲菲只好假装没听清般问道："嗯？你刚刚说什么？云南去过了？那去新疆也不错，新疆的风光也蛮好，而且人少。"

菲菲庆幸好友的性格是这样大大咧咧，她果然没有察觉到什么异样，而酸涩如鲠在喉，小麦在畅想和自己老公的结婚周年纪念旅行，菲菲却坐在空荡荡的房间里，竟然想不起和闫亿林快乐相处的任何片段。

婚姻生活过到这份上，不知是她的错，还是他的错更多些。

闫亿林又出差了。

挂掉小麦的电话，她手机突然跳出一条他的简短讯息："已到长沙，入住酒店，夜间要开视频会议，晚安。"半句不给她回复的空间。

有时候她真觉得闫亿林发这些消息，不过是为了安他自己的心，尽可能地欺骗自己，把自己放在一个好丈夫的角色里。每天的问候机械又程序化，甚至有的时候，他就只发了“早安”或“晚安”这两个字，再无其他内容。

菲菲扶着额头，一下把手机摔在了被子里，发出一声闷响。情绪连一个宣泄口也没有，她又不是他的打卡机，每天来她这汇报行程，其余的一字不说，图什么呢？

屋子里只开了一盏床头灯，整个房间昏暗且压抑，菲菲抱膝坐在床头，抬头就看见窗子上映出了自己颓然的姿态，还有那张疲惫不堪的，三十多岁女人的脸。

这就是你想要的爱情吗？这就是你想要的生活吗？这真的就是你心甘情愿奔赴的未来吗？她哑着嗓子，说不出一句“我愿意”。

其实菲菲和闫亿林的故事当真就像一碗清汤寡水的挂面，上面只漂着两根绿叶子青菜，是连肉沫都没有的索然无味。

毕业以后，菲菲的爸妈坚持要她回自己的城市工作，所以她放弃了在大城市进入酒店做管理的机会，顺从父母回了家。毕竟她从来都是一个“乖孩子”，而且自己的好朋友也都在故乡，所以菲菲劝说自己，也许回家来生活也挺好的。可是万万没有想到，这才是她噩梦的开始。

大多数家长都不允许孩子早恋，甚至很多家长在孩子的大学时代都不允许他们恋爱，觉得这会耽误他们的学业。然而等到大学

菲菲和闫亿林的故事当真就像一碗清汤寡水的挂面，
是连肉沫都没有的索然无味。

毕业，父母又希望孩子能够马上成家立业，早日找到自己的梦中情人，恨不得让他们以坐火箭的速度步入自己人生的下个篇章，这现实吗？

菲菲未曾谈过一场轰轰烈烈的恋爱。校园时代不是没有男同学对她展开过追求，但家里长辈耳提面命，要求她必须找家乡本地的男孩子，所以她索性封心锁爱。横竖也是不可能，所以为什么还要去尝试本就不会开花结果的爱情呢？纯粹给自己找罪受。

有一天，菲菲看了一篇文章，文章里说，没有谈过一场校园恋爱的学生时代是不完整的。回想起来，她的青春哪里是不完整，分明是不知被谁啃食得一点也没剩下。仓皇的一闪而过，没有任何记忆节点的二十二年，就是她对自己学生时代的全部总结。而她的相亲噩梦，从毕业回家后的第二年就开始了。

回到家之后，菲菲的爸妈开始操心她的人生大事，马不停蹄、紧锣密鼓地给她安排起了相亲议程。

“这个人是程序员，他很能赚钱。”

“那个人是银行柜员，他的工作非常稳定。”

“这个小伙子是公务员，人家可是端着铁饭碗的。”

“那个年轻人是人民教师，他家里有三套房呢，而且特别顾家。”

赶鸭子上架一样，菲菲见了太多的相亲对象，好像比她过往人生里相熟的男性朋友还要多。那些相亲对象无一不是长辈喜欢的，可是她都不喜欢。

有的人大谈国家大事，恨不得亲身上阵指点江山；有的人在吃饭之前就明确餐费要 AA 制，生怕她占走自己一点便宜，嘴里却说着，这样互不亏欠；有的人像锯了嘴的葫芦，她不说话，他也不说话，她问一句，他答一下。直到遇见了最后这位，闫亿林先生，相比于此前种种相亲奇遇，他算得上优秀中的优秀。至少他没有好为人师，也没有张口闭口“女人就该洗手羹汤，相夫教子”，谢天谢地。

平心而论，亿林确实是一个合格的丈夫。他从不让菲菲担心自己的私生活，因为他忙得脚不沾地，根本没有时间去搞那些七荤八素的事情。他也不会管着菲菲和朋友外出聚餐，因为他不善言辞，连她有几个朋友都没弄明白。他更不会违背她的意愿，因为任何时候，他都会用那句“你决定就好”作为回答。

时光往往对女人充满了恶意。菲菲到了二十八岁的年纪，眼睁睁看着身边的朋友结婚生子，当她遇到一个能凑合过日子的男人，家里人便一遍遍地催促她该成家了，不然就老了，可是菲菲明明觉得自己的人生才刚刚开始。

适婚年龄这个概念就像时钟内跳动的秒针，又像是定时炸弹的倒计时器，每“嘀嗒”一声，都是在提醒着她该找个人稳定下来了。她看了看手机，和亿林的聊天对话框里面根本没有太多的甜言蜜语，但菲菲最终还是闭上眼睛，决定和他结婚。可能这红尘浊世，芸芸众生，大多数人的婚姻都是如此吧。能凑合着搭伴过日子，也没什

亿林急匆匆地拿了公文包出门去工作，
门外的冷风灌进了菲菲的胸口。

么不好的。

菲菲在家里过了几天的独居生活后，亿林终于在一个夜里风尘仆仆地拽着行李箱回到了家。她这几天努力调整心态，觉得需要和这位“同居室友”谈谈他们两人的婚姻状态，以及他们一直以来的相处方式。这件事其实早在结婚前就该谈谈了，却被她拖了这么多年。或许她应该努努力，多和他沟通，改善一下他们这一潭死水般的生活。

第二天吃早餐的时候，两人坐在桌子前，菲菲喝着豆浆，看他埋头在平板电脑上打理手头的工作。

“那个……最近还是很忙吗？”

他稍微抬头道：“马上入冬了，换季的时候，我们业务确实会多一些。”

“妈说有时间让我们回家吃饭。”

这回他连头也没有抬便答道：“好，你定好时间，通知我就行。”

菲菲见他心不在焉，于是想岔开话题，便喝下一口豆浆，对亿林说：“对了，我那天忽然发现，楼下菜市场王叔家的卤味很好吃！”谁知亿林随便回应了一声就接起电话，撂下一句：“好吃你就多吃一些。”

亿林急匆匆地和她道别，拿了公文包出门去了，门外的冷风一直灌进了菲菲的胸口。今年的冬天，好像来得特别早，也特别冷。

这几天其实是菲菲难得的假期，她却提不起兴致出门。躺在床上，睁眼闭眼都是这三年来和亿林相处的点滴，勾不起她一丝温暖的情绪。倘若人这一辈子感受不到一次心动，这胸膛内跳动的心脏又和冰冷的机器有何分别呢？抑郁的情绪无处发泄，凝在心上，成了寒冰，可胃部的灼烧感却隐隐传来，疼痛蔓延至全身，看来生气真是一件伤身体的事情。

铃——铃——

菲菲恍神的功夫，家里又打来了电话。妈妈在电话那边问道：“菲菲啊，亿林回来了吗？”

“嗯，回来了。”

妈妈再次老生常谈：“你们也三十多了，是时候要个孩子了。妈回头给你们送些中药过去，好好调理调理身体。”

菲菲坐起身来说：“妈，我暂时不想要孩子。”

“你怎么能这么想呢？孩子是你们生命的延续，过了现在这个年纪，再要孩子就麻烦了！你年纪也不小了，不能这么任性！再说你不想，人家亿林也不想吗？”

又是这个年纪了，又是年纪不小了，怎么事事都都要和年纪挂钩呢？菲菲觉得自己就像被强行赶上架的鸭子，茫茫然下不来台。她想起饭桌上努力过后却徒劳无功的谈话，在这一刻，她的情绪彻底崩溃了。

“对！他也不想！他这一个月出差了两周，在家的两周也是每天对着他的电脑工作！要什么孩子？妈，我受够了！我不想再这样下去了！你们要求的我都做到了，可是为什么？为什么我把自己的人生弄成了这副模样？”

菲菲不等妈妈回答便挂断了电话，她觉得自己的生活看起来就像一颗精美的苹果，但实则正在从内里溃烂。到这一刻，她不得不承认自己的婚姻，自己的人生，就是彻头彻尾的失败。她要趁着他们没有孩子，没有更深的牵绊，及时止损。她要和闫亿林离婚。

可好笑的是，菲菲就连提离婚这件事，也没能在短时间内找到一个合适的时机。亿林忙得天昏地暗，电话不断，出差不停，她的良心作祟，始终不忍说出口。终于，在一个周末，他有了休息的时间。

“是时候了，就今天吧。”菲菲看着亿林穿睡衣的背影，握着拳头，心里暗暗给自己打气。

菲菲很清楚自己是一个容易心软的人，她想为自己这三年短暂的婚姻生活画下一个尚且好看的句点。其实亿林也没做错什么事，好聚好散，总还是需要的。她清了清嗓子对亿林说：“既然今天没有工作，我们一起去市场买菜吧，今天我下厨，咱们好好吃一顿。”

亿林有些错愕，但还是答应了：“去市场？好，我去换个衣服。”

刚到了市场，亿林那繁忙的电话又追了过来。菲菲拎着购物袋往前走，繁闹的市场吆喝声夹杂着亿林和同事频繁的沟通，嘈杂得就像勒在她脖子上的绳索，令人窒息。

挑一个包菜，好像他比较喜欢吃她做的手撕包菜；挑一块排骨，他是南方人，喜欢糖醋排骨这种甜口的菜；挑一颗椰子，少有的几次外出吃饭，有一次他选了海南椰子鸡……

亿林那边电话没停，只是偶尔指一指菜品，她会意后找老板买下。土豆、番茄、鱼片、辣椒、鸭胗，菲菲机械地掏钱，而后在他看不见的地方重重地叹了口气，好像这样才能把胸口的郁闷抒发一些。

到了海鲜铺子，她低头认真挑选新鲜的活蟹，这时他拦住她的手，轻轻摇了摇头。夫妻三年，她清楚地看到他眼底的不赞同。菲菲抬头看了看价格，正宗舟山梭子蟹，一百八十八元一斤。价格是挺高的，但她无名火烧得更旺了，难道就连这最后一顿散伙饭都要勤俭持家，不能吃些自己想吃的吗？

不吃就不吃，菲菲赌气起来，甩了甩手上的水珠，转头往前走。没走两步，她感觉手上一轻，愕然回头，发现亿林已然把逐渐变沉的购物袋拎到了自己手上。他把手机收到了口袋里，快步跟上她，低声道："最近天气冷了，你胃不好，螃蟹寒性大，吃了容易犯胃病，等天气暖和些再吃吧。"原来他不是因为价格太高而不让买啊。

一瞬间，愧疚感像藤蔓，爬满了菲菲全身，她失神地盯着他手里的购物袋。里面的东西，她挑的多数都是他爱吃的。而他打电话那会儿让她买的，竟也刚好可以凑出一桌她喜欢吃的菜。

回到家，亿林把菲菲叫出了厨房，
自己在厨房忙碌了许久。

堵塞了许久的记忆阀门骤然开启，翻涌而来的回忆，几乎将她淹没。亿林这个人确实不怎么浪漫，甚至从没有说过一句我爱你，但他过马路的时候，虽不会牵她的手，却始终站在车流来的那侧。早晨上班匆匆而去，来不及给她一个深情的早安吻，但厨房里该丢的垃圾，一次也没有落下过。他不会给她什么纪念日或节日的惊喜，可他出差频繁，哪怕行程再怎么繁忙，也总能挤出时间，买来当地包装精美，价格昂贵却没什么用的土特产交给她。

“哎哟。”菲菲走神的片刻，撞到了亿林的背上。她窘迫地后退两步，看着他，“怎么了？”

亿林指了指身边的卤味店问道：“你那天不是说王叔家的卤味好吃吗？不买了？”

她扭头看向那家开了多年的卤味店，王叔和他的妻子在店里不知在说着什么，暖黄的灯光为他们两人的银发镀上一层金灿灿的光晕，卤味的香气飘来，满是幸福的味道。

菲菲眼底发热，满腹的话哽在喉间，只好彻底背向亿林，不让他看到自己的神情，随后说：“买啊！怎么不买？”

你看这人间百态，烈火烹油。平淡的生活，也可以开出绚烂的花来。

回到家，亿林把菲菲叫出了厨房，难得下厨的他，在厨房忙碌了许久，终于将丰盛的饭菜端上了桌。她就坐在饭桌上，看着厨房里丈夫忙碌的背影，托着腮笑了起来。

亿林摘掉围裙，拿出了两罐椰汁，坐下来和她碰杯道："今天是我们俩认识四周年的日子，菲菲，这几年辛苦你了。"

她惊了一下，发现自己竟不记得两人相识的时间，而看似什么也不上心的他，却一直记得。庸碌的生活遮住了她的双眼，甚至让她感受不到身边人藏于内心，未曾宣之于口的深沉爱意。她随即神色一变，绷不住笑出了声来。明明是很浪漫的情话，在他说来却硬生生变了味道，成了公司领导发言一般。菲菲惊叹于自己这几年来到底是和一个怎样的奇男子结婚过日子的。

"干杯！"她笑着碰杯，"闫经理，预祝咱们未来几十年合作愉快。"

亿林失笑道："我又说错话了，是吧？"

"没有没有！您的发言恰到好处！"

生活其实从来都不是刚刚好。世界上的人，不会像完美适配的两枚齿轮那样严丝合缝，更没有人是自己想象那般的完美存在。爱是行动，从来就不是挂在嘴边的蜜语甜言。

你无需是最好，只要是你就好。

05 你只能幸福

在我的学生时代，家庭条件算不得优越，和其他同学比起来，甚至还有些寒酸。我的父母一辈子安分守己，没有经商的思维，只能踏踏实实上班挣工资，虽然收入少了些，但我总觉得当初的日子过得很踏实，且没有半点委屈。不过另一方面，我也必须要承认，在自己的内心深处，其实隐藏着一点点自卑。很长一段时间，我都不敢交女朋友，生怕别人瞧不上自己。直到后来遇见了菲菲，我的心结才被悄悄地解开了。

有人说，所谓爱情，不过是在对的时间遇见了对的人。我不止一次地想，假如我在自己最为失意的时候遇见菲菲，我们的结局还会不会如现在一样完美？我无法回答自己这个问题，只能试着写下这样的故事，并从中寻找答案。

——亿林

三

结束一场旷日持久，长达十五年的暗恋，是什么感觉?

在这无言的十多年里，每每梦见那个人，睁开眼的时候，都满心酸楚。在繁闹的街角，看到熟悉的背影，都止不住探寻的心思，想要追上前去，然后周而复始地在午夜梦回时，只能感叹不得我命。

在一望无际的沙漠里，徒步了太久的旅人，只渴求一滴甘泉。明知是饮鸩止渴，却甘之如饴，只想大梦一场，一醉方休。

在一个平凡午后，亿林收到了一张电子婚礼请柬。来信人，是他多年痴心妄想的终点——菲菲。

“下周六我结婚，一定要来啊！”大概是怕他不到现场，她还特意补发了一句。

真傻，他怎么可能不去呢？即便站在她旁边身着西装的男人，不会是他。

“放心吧，我带着大红包去！”亿林回复道。

点开菲菲的朋友圈，亿林发现她前些天刚领了证，最新的一条动态是领证当天和她老公的合照，一对俊男靓女笑嘻嘻地站在宣誓台上，举着两本红艳艳的结婚证，脑袋挨在一起，傻气又甜蜜。另一张是她看着前方，她先生低头看向她的瞬间。他一定很爱她，亿林想。爱人的眼神骗不了人，他看着他，就像是看着自己的全世界。当然，这位幸运男士，拥有的也是亿林梦寐以求的全世界。

最后一张照片是他们两人交握的双手。菲菲无名指上的戒指，是著名奢侈品品牌最近的大热款，一颗一克拉的主钻为花心，碎钻为花瓣，点缀四周，众星拱月。真好，她嫁给了爱情，以后的日子也会更加平安顺遂。

那款戒指亿林其实很熟悉，此时此刻，他的身边有一排几乎一样的戒指，它们被放在廉价的玻璃柜子里，一同放置的还有他廉价的不堪一击的自尊。虽然都是戒指，但不同的是，菲菲手上那颗是真的，而他的这些是仿品。

“老板，上次那批货不行啊！掉钻！”店门口穿着红色连衣裙，脚蹬人字拖的大姐，手里夹着香烟喊道。

亿林及时从回忆中抽身，堆起熟练的假笑说道：“哪能啊，姐！我的货可是最好的！”

大姐拿了一枚戒指出来，又慢悠悠地从口袋里掏出另一颗玻璃粉钻说：“喏，你看。”

他接过来，看也没看就说：“这样，您这次拿货，我给您打八折！您也知道我小本生意，这可是进货价了。”

大姐皱着眉，勉为其难地说：“行吧，就要你手边那个，那朵小花形状的。”

“好嘞！”

直到大姐走后，他才把那掉了钻的戒指拿起来看，金属处有划痕，明显是被人为撬开的，根本不是质量问题。他心里清楚，但又能有什么办法呢？这些年在社会上摸爬滚打，有棱角是做不成生意的，所以他磨平了自己的尖锐，哪怕鲜血淋漓也在所不惜。毕竟灵魂早就被售卖了，没有钱，还要自尊干什么呢？

谁能想到，在这个小商品批发市场，十二年前的他，也曾是衣食无忧的富家少爷呢？他第一万零一次庆幸，幸好当年他没有坚持，否则让菲菲和他一起挣扎，可能比让他死还要痛苦，她值得更好的生活。

因为诚心实意想着要给菲菲包个大红包，亿林不得不选择坐火车硬座去那个他曾经无比熟悉的城市，他的故乡。在那座城市里，每日人来人往，承载着无数年轻的梦想，自然，也有梦碎的声音。他在那里，亲手摔碎了自己的梦，支离破碎。

亿林无论如何也想不到，火车出站口会站着那个令他魂牵梦萦的人，若不是菲菲的老公及时出现，他恐怕会失态。隔着一条通道，他朝着两人笑了笑，拽着自己的行李箱，一步一步踏着碎裂的心，走向他们。

两年前，亿林结束了异地的工作，
重新踏回青北这片伤心地。

“好久不见了。”亿林保持了应有的安全距离，不敢靠得太近，更不能靠得太近。

眼前得体的绅士，朝他伸出手问好：“您好，我是菲菲的丈夫，我叫钟思恒。”

他不得不伸手应道：“您好，我是闫亿林，很高兴认识你。”

哪怕在小商品市场市侩得如同黑心商人，重新回到故乡，站在故人面前，亿林仍旧是那个看似自信的少年。而菲菲在一旁笑着，接过他行李箱说：“走吧，大忙人！请你回来一次不容易，你这次再不来，我真的要和你绝交了！”

亿林笑着讨饶道：“不敢不敢，你大喜的日子，做兄弟的当然要捧场！”

车上，菲菲坐在副驾驶，和自己先生介绍说：“思恒，亿林就是我经常和你说起的发小，也是我最好的朋友。我们失联了好多年，这回终于联系上了。”

开着名贵汽车的钟先生点头微笑道：“我知道，一定替大小姐您伺候好了。亿林，咱都是自家人，缺什么你就说，别和我们客气。”

失联多年的挚友，她如此介绍他。一辆车区分了两个空间，前排的甜蜜与后排的落寞形成鲜明对比。她最终，还是和别人成了“我们”。

故乡的傍晚，正是夜生活开始的时候，拥堵的交通一如往常，不论是现在，还是十二年前。其实这不是当年他背井离乡后第一次回来，两年前，他结束了异地的工作，重新踏回这片伤心地，没有什么其他原因，就是想离她近一些，再近一些，哪怕和她站在同一片天空下，也是一种满足。

站在繁闹喧嚣的街道，他不禁想，她是不是昨天也来过这里。经过共同上学的校园，他也止不住地想象，她是不是也会想念过去。明知是火坑，他毅然决然地往里跳，痛苦的烈火灼伤心脏，他也不退缩。离她近一点，就已知足。

他当时给自己找了一份房产中介的工作，出售的全是高端楼盘的房产。有一天同事神神秘秘地说，有一对富家情侣要买婚房，干了这单，就能赚个好几万。他还没来得及高兴，亿林就看到两个人说笑着走进了公司大门——菲菲和她的钟先生。

亿林不敢出去，更不能出去，他躲在狭小的休息间里，给同事发消息说自己突然肚子疼，让他招待着。他怎么能出去呢？让他亲自给心爱的女孩介绍婚房，笑着推荐那些可望不可即的豪宅，哪怕他是奥斯卡影帝也难做到。

菲菲和钟先生走后他才出来，听了同事的诉求整理，在那短短几天内，他跑遍了这个城市所有符合要求的房源，这是他能为她做的唯一的事情。

这是一座海滨城市，她想要一所楼层较高，朝南且能看到海的房子，最好再有一个大露台，她能够在露台上看书，养她喜欢的多肉植物。卧室也要有个全景落地窗，能够让她在感到疲惫之后，躺在家里的贵妃榻上看着往来的车辆。最重要的，房子还要有个采光

菲菲在自己的婚礼上迎宾，
亿林只能站在远处深情地看着她。

好的工作间，这样她才能够在画设计稿的时候感到幸福。

亿林终于找到了一个符合她所有期待的房子，谈好房源之后，他累倒在露台上。背靠着玻璃护栏，他扭头望向星空，故乡的星空还是老样子，星河灿烂，但仰望星空的人，只剩下他一个人。

其实，菲菲说的这些要求，他都知道，也都记得。高中时代，她画着梦想中的房子，和他畅想未来。年轻的他衣食无忧，甚至以他当时的家境，这些东西唾手可得，她只管想，以后的他照做就是了。

眼前的豪宅，还是一个毛坯房，但他已经能够想象装修过后，它亮堂明净的模样。她会穿着睡衣在家里溜达，拿出自己烤的小蛋糕，喂给身旁的爱人。黑漆漆一片的屋子内，他笑出了眼泪。

后来菲菲来看房，他就躲在屋子门口，听到她惊喜赞叹，说这简直和她想象中的一模一样。看到这一切，亿林心满意足地笑了，而后他再次离开了故乡。公主已经有了王子，再不需要一个手无寸铁的骑士了。

婚礼当天，亿林穿上了他最拿得出手的那套衣服，细心熨平了每一道褶皱。下午五点半，菲菲站在宴会厅开始迎宾，他在远处看着，唇角带着一抹笑意，就像是自己赢了一样。

灯光打在菲菲脸上，她穿着一身鱼尾白色婚纱，像条刚出水的小美人鱼，和每一个到来的宾客说着欢迎。她头上的水晶发饰折射出五彩斑斓的光，璀璨闪耀。他竟有了流泪的冲动，不是难过，是替她高兴。

在二十九岁这年，小美人鱼公主，嫁给她心爱的王子。此刻的亿林无比确信，她完全是带着幸福举办的婚礼，这就足够了。昂首阔步走上前，他停在这对新人面前，衷心说着恭喜。和他一起的，还有曾经的同学们。

菲菲看到他的时候，仍旧眼睛一亮，双眼中似乎闪着星光，比那晚的夜空还难忘。她伸出手来，和大家一一拥抱，最后到了他这里哭道："来吧来吧，抱一下。"

面对眼前开朗的女孩子，他大方张开双臂，给了一个拥抱，手悬浮在半空，绅士又得体。

菲菲刚刚迎宾的时候，从未和人拥抱过，他晓得她的心意，为了拥抱他，她拥抱了身边的所有人，无关乎风月，只是想给他最好的祝福。

耳边的声音仿佛是一种错觉，她说："放心，我过得很好。"

世上情话千万，抵不上她这一句。他半醉半醒十数载，一朝梦醒，只感慰藉。

多年过去，菲菲还是这个老样子。那一年的学校操场上，他们高中部两个班进行篮球比赛，许多女同学在看台上替他们摇旗呐喊。明明隔着老远，他一眼就看见了她，双手做喇叭状，嘴里喊着的是他的名字。比赛一度白热化，他筋疲力尽时，耳边仍是她的声音。

一记后仰跳投三分球，哨声响起，亿林的班级成功赢得了比赛。

菲菲大笑着跑过来，往每个同学手里送冰水，最后才轮到他。她压低了声音说：“只给你的，快喝，快喝！”

亿林不管不顾地去同学那边炫耀，成功引起嘘声一片，回头却看到她羞红的脸，她一副理直气壮的样子说：“怎么了？我和他认识多少年，买瓶饮料怎么了？”

他一口饮尽剩下的饮料，将饮料瓶高高举起，像在宣告自己赢得了全世界。

婚礼现场布置成一片海洋的模样，到处都是大型贝壳和白紫色小花的装饰，菲菲换了造型，带着硕大的婚纱拖尾，一步一步走向新郎。追光灯打在她身上，洒下一地星辉，头上的王冠，是爱的加冕。

亿林注视着她，只有这一刻，他无需掩饰自己眼中的遗憾与深情。他肆无忌惮地让自己的感情泛滥，反正也是最后一次了。

新郎新娘拿着戒指宣读誓词，菲菲眼中仍旧带着旧时的光，只是这道光，不会再为他而亮。她拥有自己的意中人，将和他手牵手进入婚姻，共度余生。一向淡定绅士的钟先生，竟然在台上泣不成声，只会一个劲儿地保证：“我爱你，我会一直爱你。”

少年时代的“我爱你”脱口而出，时过境迁，这三个字带了千斤重量，出口就是誓言，承诺终生。在一片掌声中，新郎新娘拥吻，他忽然觉得气闷，想去外面走走。主持人说着什么添彩头的煽情话，他听不仔细，行动间，他听到熟悉的声音从音响内传来：“亿林！”

带着回声，在黑暗中回头，那位发着光的女孩子笑着说：“这束捧花，我想送给你。”

如何站上台的，他自己也记不得。满是雪白蝴蝶兰的手捧花，被塞进他手里，而她歪着头看他说：“认识二十来年，我似乎从来没有送过你什么像样的礼物。这是我所有的祝福，我们最好的朋友，祝你从此只有幸福。”

好像沙子迷了眼睛，他也红了眼。

“我会的，一定会的。”他喃喃道。

站在台上和新郎新娘并肩的瞬间，他突然回想起从前。当年意气风发，仿佛还是昨天。他也曾是万人瞩目的明亮少年，身边朋友万千，提起他的家庭，也满是艳羡。但高三那年，家中遭逢剧变，原本的富贵不过过眼云烟，转瞬消散。

父亲的公司破产，所有的家产拍卖，疼爱他的父亲一气之下心梗发作，再也没有醒来。整个家里乱成一团，覆巢之下焉有完卵，小小年纪，一朝看尽世间冷暖，人情淡薄。原先和父亲交好的朋友全都作壁上观，对他们母子的哀求视而不见。如果说人生前十七年的亿林是一件精美的瓷器，自从父亲走后，他便从高处跌落，零落的瓷器碎片，还不如地上的黄土。

菲菲不知他家中的境遇，在他生日那天，她约他去广场，而亿林不曾按时出现。

至少这一次，我能和你面对面地说再见。

十二月，故乡的风贯穿了少年人挺拔的脊梁，她在广场的喷泉边拿着一封信件等了很久。等到灯光熄灭，游人散尽，也没等来他。其实菲菲并不知道，那天亿林也去了广场，他躲在一个雕塑后面，泪流满面。被折断了宝剑的骑士，怎么配得上真正的公主呢？他无法保护她，甚至无法保护自己。后来他不告而别，彻底消失在大家视线当中，没有任何人知道他去了哪里。

婚礼结束的时候，亿林听见身边众人还在议论这场盛况空前的婚礼，菲菲站在门口和大家挥手道别。他手里拿着捧花，看着那边一团热闹，下意识就想离开。可就在这时，菲菲喊着他的名字，提着婚纱的裙摆快步追上来，开口道："你等等！我给你定了一张回程的机票，我知道你现在也不容易。你这次能回来，我很开心。"仿佛怕他不信，她又补了一句，"特别开心，真的。"

"其实最近我也过得挺好的，你别担心。"他手插着口袋，似乎回到了十来岁时候的少年样子。

菲菲揶揄地看了看他手里的捧花说："我可不是和你开玩笑啊，捧花收了，就是答应我了。你一定要幸福，只能幸福。"

"好，以后我会常回来看大家的。"

她顿了顿，重新抬头看他说："好了，不说伤感的话了，你回吧。至少这一次，我能和你面对面地说再见。"

出租车上的广播里，陈奕迅深情地演绎着那首耳熟能详的歌曲：

明年今日 别要再失眠
床褥都改变 如果有幸会面
或在同伴新婚的盛宴
惶惑地等待你出现

明年今日未见你一年
谁舍得改变 离开你六十年
但愿能认得出你的子女
临别亦听得到你讲再见

在有生的瞬间能遇到你
竟花光所有运气
到这日才发现
曾呼吸过空气
……

司机师傅茫然地看着后视镜里又哭又笑的年轻人，无可奈何地摇了摇头。城市这么大，每天上演多少悲欢离合，一切都会过去的。

数载黄粱，大梦一场。这杯酒饮尽，过往成序章。

明天，又会看到崭新的日光。

06 为你，义无反顾

我有一个发小，他恋爱结婚的经过可谓一波三折。

年轻的时候，发小是个啥要没啥的穷小子，但凭着长相不错，他还是顺利地找到了合适的女朋友。他们两人感情不错，但到了谈婚论嫁的时候，问题来了。女方知识分子家庭出身，而我那个发小，家里穷得连房子都买不起。他女朋友的父亲得知发小家庭如此一般，见也不愿见他，更是不同意这门婚事。但他女朋友却不顾家里反对，铁了心要嫁给他。

我换了个身份，把自己和菲菲带入情境，也把这段故事记录了下来。至于结局，我想可能没那么重要。我只是想说，如果此生，你能遇见一个在任何情况下都义无反顾选择和你在一起的人，那么，请珍惜。

——亿林

三

“门不当户不对的，我看你以后这日子怎么过！”

早已数不清多少次，家里又爆发了关于她婚事的争吵。

“妈！我和亿林谈了这么久，你怎么还拿门当户对说事儿呢？都什么年代了？”

菲菲气得往沙发上一坐，看着自己手上的素银戒指，心里有劲也使不出来。三年来，在婚事这个问题上，她始终没有办法说服父母，如同父母亲也无法说服她。

母亲心疼又生气地说：“孩子她爸，你说说！”

屋内的气氛明显压抑起来，菲菲的余光瞥见站在窗前的父亲，他紧紧握住拳头，还在生闷气。一段不被自己父母祝福的爱情，到底会幸福吗？菲菲并不知道答案。

父亲一言不发，掉头往房间走去。菲菲跟在后面喊道：“爸！您就见见亿林吧！”

“见什么见？有什么好见的？”他气得满脸通红，“哐”地一声甩上了房门。

菲菲着急地拍门说道："爸，你听我说呀……"

一向疼爱女儿的父亲却在此刻撂下了狠话："你别说了！我不会同意的！"

是啊，长辈根深蒂固的观念，又岂是一句"我爱他"能够改变的。世间无数的情爱，最终都抵不过一句"门不当，户不对"。可是门当户对，真的重要吗？

亿林是菲菲的大学同学。他们的定情之物，是一只名叫元宝的小黄狗。

菲菲坐在床上，双手捂着脸，尽力不让自己哭出声音来。跟进房间的元宝发现主人情绪低落，小心翼翼地靠近，跳上她的床，舔了舔她的手。

摸了摸元宝的头，菲菲哑着嗓子说："元宝，爸爸妈妈还是不同意，怎么办呢？你要变成没有亿林的元宝了。"

小狗哪里懂得这些，它只听到了亿林的名字，便开心的转起圈来，以为自己很快就能见到他了。菲菲不忍再看，强扭过头，盯着白墙发呆。

她和亿林相遇的地方是学校食堂的后门，那时候的元宝还是一只在学校里吃百家饭的流浪狗，只有四五个月大。菲菲总是习惯吃完饭去找找元宝，看看它在不在，顺便拿根火腿肠去投喂它。有一天她撞见一个穿着蓝色 T 恤的男生手里拿着鸡腿，正准备喂给元宝吃。而元宝看到陌生人突然靠近，吓得缩在墙角，龇牙咧嘴，伪装成一幅很凶的样子。

那个男生无可奈何，一直在和元宝对峙谈判：“你别怕，看我手里是什么？这可是鸡腿哦，过来过来，汪汪汪！”

菲菲在一旁看了两三分钟，当她捕捉到男生错愕发蒙的表情，终于忍不住笑出声，只好一边道歉，一边捂着嘴，差点儿笑得岔了气。活了二十年，还没遇到过这么傻气的男孩子。

“对不起，我不是在笑你。”她的笑容并没有因为道歉而收敛，“我就是觉得……挺可爱的。”

这个看起来傻乎乎，穿着洗得发白的蓝 T 恤的男生，就是亿林。亿林平时大概不怎么和女生说话，听到一个女生这样说，脸一下子红了起来，疑惑地说了句：“啊？”

“不不不，我是说小狗可爱。”

她拿过他手里的鸡腿，走近小狗说：“你这两天去哪里了，我怎么都没有看到你？”

方才还龇牙咧嘴的小狗面对菲菲突然温顺起来，摇着尾巴叼过她手里的鸡腿，兴奋地绕着他们两个人转了好几个圈。

“你不要那么傻愣愣的和它说话，要和狗狗建立信任。”她耐心向他传授自己的撸狗大法，而他脸上的红晕一直没退下去。

直到告别，菲菲实在没忍住，对他说：“和女生讲话你很紧张？难道我长得很可怕？会吃人？”

亿林和菲菲相识于校园，
却还是抵不过一句“门不当，户不对”。

“是……哦，不是不是，你很好看……”亿林更结巴了。

原来脸红也会传染。菲菲从没见过如此直白说自己好看的人，自己的脸不觉间也烧起来。她怕他看出来，于是匆匆往寝室跑去。她跑远了才回过头，那个略带傻气的大男孩依旧站在夕阳下呆呆地看着她，在发现了她的视线之后，急忙挥了挥手。

不知道是不是上天的安排，在这之后，每次菲菲投喂小狗的时候，总是能遇见亿林。她问他怎么有耐心到处找一只流浪狗，亿林认真回答她：“小狗对人的感情是很单纯的，你对它好，它就会喜欢你，想要见到你。我不想它的希望落空。”

后来菲菲把那只小狗带回了家，取了名字叫“元宝”。很多年以后她一直在想，当初到底是哪一个瞬间，亿林走进了她心里呢？是他害羞到说话结巴的样子，还是他站在夕阳下挥手的样子，又或者是他认真地对待一只小动物的态度？

人的一生会遇到很多自己欣赏的异性，但能够真正引起内心悸动的，却少之又少。无数点滴，碎片一般地拼凑成一个完整的亿林。就这样，在不知不觉中，菲菲无法自拔地喜欢上了这个男生。尽管她知道，亿林的家境并不优渥，甚至还有些糟糕。

大学时代的亿林就开始打工了，虽然没有多少钱，也总舍不得给自己买衣服，但他省吃俭用，也要给菲菲买礼物。很多人都说，判断一个人爱不爱你，并不是看他给了你多少，而是该看他拥有多少，又愿意给你多少。有的人身价千万，坐拥金山银山，给你一颗钻石，那可能只是心血来潮的心意。但当他一无所有，只有一块面包的时候，还愿意把唯一的食物给你，这才是最可贵的。毕竟，他愿意和你分享他的全世界。

除了没有钱，亿林真的可以说是一个完美的男朋友。菲菲瞒着家里，偷偷和他谈了三年恋爱，始终没有告诉家里人。年轻人总是很勇敢，觉得理想中的爱情可以战胜一切现实里遇到的困难。但她怎么也没有料到家里的反对会这样强烈，让她两头煎熬。

正当菲菲为这事情心烦意乱时，一件事情的突然发生，让她的内心彻底发生了动摇。

“菲菲，我妈住院了……”

电话听筒里传来亿林的声音，在菲菲的记忆里，他说话时还从没有过这种疲惫不堪的语气，于是她忙不迭说：“好，好，你别着急，我就来。”挂断电话，菲菲叫了辆出租车，以最快的速度赶到了医院。

“亿林！”菲菲边跑边喘着粗气地问，“阿姨怎么样？严重吗？”

打开病房门的瞬间，她瞧见亿林坐在母亲床头，正给母亲调试输液器。

亿林妈妈此时的脸色还是不大好，她努力扯出一丝微笑道：“这就是菲菲吧？我都和亿林说了没事儿，别喊你来。”然后有些埋怨地

听闻亿林母亲住院，
菲菲以最快的速度赶了过去。

看了一眼儿子，“都怪你，瞧人家姑娘这满头汗。”

亿林妈妈心脏一直不太好，早些年白天干农活，晚上还要在家里做手工补贴家用，长时间的劳动拖垮了她原本健康的身体。菲菲看着眼前的妇人，分明和自己妈妈差不多年纪，给人的感觉却是这样的沧桑。岁月刀凿斧刻般，在她脸上留下了深深的纹路。搭住她的五指，也是变形黝黑的。她怔忡地看着亿林妈妈的手说道：“阿姨，您别怪他，是我一定要来的。”

没说几句话，亿林妈妈又开始气喘，亿林抢先一步过来，拍着母亲的胸口，焦急地问道：“妈，怎么样？还难受吗？要不要叫医生？”

此时的菲菲站在他们身后，忽然感觉自己就像一个局外人。她想起自己妈妈在家里，时不时约上几个姐妹悠闲地打几圈麻将牌，去商场购物的时候还能为女儿捎上一份喜欢的东西。而现在她的视线里，全是亿林忙前忙后搀扶着妈妈，喂她喝水的专心模样。菲菲难以自控地将这两种生活对比起来。

第一次，菲菲发现自己家和亿林家的差距竟是这样大。她分明觉得两个人之间只有一块透明玻璃的距离，可这块玻璃却如天堑一般，怎么也跨不过去。他们真的能不顾一切地结婚吗？假如婚后还要过这样的日子，她能妥善地处理和接受吗？这一切都成了未知数。别说她爸妈了，就连她自己都为这段感情打上了无数的问号，菲菲可悲地察觉到自己开始退缩了。

人是一种习惯性趋利避害的动物，如果可以，没有人会选择一条由坎坷和荆棘铺就的道路。爱情或许可以当作精神食粮，但数不清的痴男怨女最终都败给了现实，能够坚持下来的有情人少之又少。以为遇上了对的人，奈何却没有对等的身份。不过是有心爱你，无力回天罢了。

从医院出来，稀落的雨滴打在了菲菲的脸上，她抬起头，这座城市下起了整个秋天的第一场雨。菲菲抱了抱自己的胳膊，突然打了个寒颤，快要入冬了啊。

大学毕业三四年了，身边的好友陆续结婚。男大当婚，女大当嫁，真是亘古不变的命题。有的人终其一生都在寻找真爱，有的人拥有了真爱，却又不得不因为各种现实原因，终与真爱失之交臂。多年的感情，竟要因为这些鸡零狗碎的现实原因潦草收场，菲菲不甘心。

闺蜜木木在结婚前夕办了一个告别单身派对，菲菲这段时间被自己的婚事搅得焦头烂额，正好借这个机会去换个心情。派对吗，也就那么回事，一群青年男女坐在KTV里，互相添加联系方式，唱着他们时代的歌，歌唱青春，也歌唱少年时代的自己。

木木知道亿林家情况，她原本在任何事情上一向都支持菲菲，但这件事，木木却破天荒地和菲菲父母站在了同一战线。

“爱情又不能当饭吃！再说了，前些日子他妈妈不是还住院了吗？家里经济困难，妈妈身体又不好，这日子可是雪上加霜啊。我劝你啊，还是再好好想想吧。”

木木的老公是菲菲早些年就认识的好友，是个家境优渥的男生。她看着木木他们小两口一起唱歌的样子，方才喝下的啤酒，后知后觉地在嘴里泛起苦味，一直苦到了心坎上。重到旧时明月路。袖口香寒，心比秋莲苦。何况这种苦，偏偏还是她自己选择的。

派对散场，亿林来接她，怕她走夜路不安全，说什么都要亲自送她回家。凌晨一两点，街面上只剩下零星几个夜宵店面还没打烊，整条小路上只有他们两个人。沿途的路灯发散着暖黄的光，他们慢慢走着，路灯将两人的影子拉得很长。菲菲眼睁睁看着他们的影子从紧密贴合到渐渐分开，仿佛要走上截然不同的两条道路。深夜容易放大人的伤感，所有在白日里费心遮掩的苦闷，都在夜里变成无限大的模样。

不知道哪个店主在低声放着张宇的苦情歌，一首《曲终人散》，几乎让菲菲落泪。亿林这时拉住心不在焉，即将踩进水坑的她，说道："菲菲，这个周末去我家吃饭吧？我父母想和你正式见个面。”

他澄澈的双眼充满了期许和信任，更叫她厌恶如今摇摆不定的自己。亿林满心欢喜地规划着两人的未来，她却计划着逃离。

“周末我不知道要不要加班……”菲菲当了逃兵，她听到自己如是说。

人与人之间的缘分，紧密之时，如胶似漆。但想要断开这段关系，或许只需要很小的一个理由。

到了菲菲家楼下，亿林站在路灯下朝她挥手。菲菲茫然地看着他的身影消失在黑暗中，突然回忆起第一次见到他的那天，夕阳和少年，印刻在她心上，是那样难忘。

刚进家门，菲菲的手机就收到了信息，回想了一下，是刚刚派对上一个阳光开朗的男生发来的，他是木木老公的朋友，两小时前菲菲才和他互相添加了好友。

男生问："周末大家去玩密室逃脱，要不要一起？"

菲菲很明白这样的邀请背后意味着什么，或许和亿林说了分开，交新的朋友，就可以重新开始生活，投入一段新的感情吧。她破罐子破摔地这样想，但给那个男生的回复却是："目前还不确定有没有时间，到时候再说吧。"

盯着手机许久，她慢慢走到窗前，凝视着亿林刚刚走过的那盏路灯。路灯那样明亮，却照不见他们前行的方向。菲菲从来不是优柔寡断的性格，她这辈子的犹豫不决，仿佛都放在了眼前这件事上。她决定第二天趁午休时间去找亿林，把自己的苦闷和他谈谈，大不了直接摊牌算了。

亿林的职业是建筑工程，这注定了他要成天泡在工地上看图纸。这是菲菲第一次到工地找他，才知道工地上的生活是那么辛苦。他戴着安全帽，和工友们讨论工作，说是挥汗如雨一点儿也不过分。

"我说老闫，你怎么中午老吃这些素的，减肥啊？"他同事搭着他的肩膀笑道。

父母子女之爱，胜过世间千言万语。

亿林大口扒着饭，含糊道："我这不是准备和对象结婚吗，攒钱呢。我对象家境比我好，人姑娘嫁给我，不能让她受苦啊。"

她站在工地挡板后面，紧紧闭上了自己的眼睛。这么多年过去了，他还是那么傻兮兮的。可再看看自己，最近整段时间的挣扎辗转，此刻都成了一个笑话。这样好的他，叫她如何能够放下。

菲菲做了个深呼吸，给昨天邀请她的男生发了条消息："对不起，周末我不去了，我要和男朋友回家见家长。"

消息发完，菲菲便快步奔向了亿林，喊道："闫亿林！"

"你怎么来了？"在工地上见到菲菲，这完全出乎亿林的意料。

菲菲笑道："我来看看你有没有认真工作呀。对了，我和你说，我确定周末不加班了，跟你回家！"

所爱隔山海，山海皆可平。去他的家世，去他的门当户对。用尽力气去抱紧你身边的人吧，可能你比自己想象中的还要爱他。

回家的经过，比菲菲设想的要好上许多。

亿林的父亲是个非常乐观淳朴的小老头，听说她来，连忙从工地赶回来，连衣服都来不及换，摘下头上的帽子就要张罗着去给她做饭。

四方的黄土小院里，秋日的阳光洒在身上暖融融的，菲菲和亿林的母亲坐在小院的板凳上聊天。他母亲不停地问她，亿林对她好不好，有没有欺负她，可剥花生的手从未停下。不多久，菲菲手里就多了一整把的红花生，个个颗粒饱满。亿林妈妈身上飘来干净的洗衣粉味道，闻着安心。

亿林在厨房给父亲打下手，隔着木门都能听见父子俩的笑声。她托着下巴，眯着眼睛，享受此刻的温暖。

真正让菲菲大吃一惊的，还是在餐桌上。亿林父亲烧得一手好菜，而且做的全都是她爱吃的东西。菲菲坐在椅子上，眼看着亿林父亲端着最后一个盘子从厨房走出来，白色的大盘子，落在桌子正中间，那是他亲手做的炸鸡。

年过半百的老人家挠挠头，有些不好意思地说："闺女啊，叔叔第一次做，别嫌弃啊。"

金灿灿的炸鸡冒着油光，躺在白色瓷盘上。菲菲看着看着，情不自禁地笑了。前些时候在医院里，她和亿林母亲说过，等她病好了，就带她去吃炸鸡。她无意间的一句话，却被两个老人家牢牢记在了心上。乡下没地方买炸鸡，他们只好自己做，把一颗最真诚的爱护之心捧在掌间，交给她。

其实这只炸鸡并不怎么好吃，但是菲菲知道，这一定是她这辈子吃炸鸡的经历里，最值得回味的一次。

父母子女之爱，胜过千言万语。

世间没有绝对的门当户对。

所谓门当户对，对的是家风，不是家境。

愿每对爱侣的义无反顾，皆有归途。

ARMANI

07

我爱你，一如你爱我那般彻底

有一次，我因为工作上的应酬，去参加了一个所谓的“高端饭局”。那次的饭局，几位有头有脸的公司老板全都带着他们的女伴参加。

我原本是一个不善交际的人，参加这样的宴席总会让我觉得浑身不自在。那天回家之后，看到正在收拾家务的菲菲，我暗暗想，假如有朝一日我也变成了一个公司的大老板，需要经常参加这种应酬，我会不会叫上菲菲一起前往？如果她很不喜欢这样的场合，我该怎样去做？又该以何种态度去照顾菲菲的感受呢？

面对这样的事情，我相信每个人都会有自己的选择，而我也知道，我在这个故事里面写下的一切，只是诸多选择的其中一种，代表不了所有人的想法。

——亿林

三

从什么时候开始，你会突然对自己失去信心？

苦守寒窑的王宝钏，最终等来了她的薛平贵。而当今社会，能十年如一日站在身后的女人很少，能记得昔日诺言，将彼此的手牢牢握紧的男人更少。我爱你，或者说，我爱过你，只是无可奈何，有些时候，身家利益总要排在第一。抑或者，我曾经爱你，只是对不起，如今时过境迁，你已经不是当初的模样了。你变了，我也变了。

虽说我们喜欢一个人，是透过凡世的骨骼，看穿灵魂，并爱上灵魂。但往往，当你不再拥有年轻貌美的皮囊，那些郑重说过海誓山盟的人，一转身便会消失在人海。

菲菲从未想过自己也会有这样尴尬的时候。那天是她老公亿林和朋友的聚会，亿林这些年的生意越做越大，身边的朋友也从平平无奇的烧烤摊兄弟，变成了高级会所里西装革履的总经理、董事长，此前她也没有多想过什么。因为亿林要来家里接她去聚会，他们到达金碧辉煌的会所的时候，已经华灯初上，夜色降临了。

这家会所据说私密性极强，出入的客人非富即贵。菲菲虽然在市区所谓的富人区内生活，住着一套带着院子的大别墅，但她对这座城市仍旧没什么归属感。她始终记得自己十八年前的青年时光——大山生她养她，她始终是大山的女儿。父母从小教导她，要不忘出生，不忘前尘。即便此时此刻，站在华光万丈的金灿灿大门前，她也从来没有觉得自己应该是这里的常客。哪怕亿林往她的银行账户上打了数不清的钱，那些只是数字尔尔。

因为迟到，他们推开包厢门的时候，几个老总都已经就座入席。菲菲的目光迅速在桌上三男三女身上一扫，她被亿林牵着手，安排在了主桌的位置。今天是亿林做东，答谢几位老板对他即将开启的新公司的鼎力支持。

其实商场上没有永远的朋友，也没有永远的敌人，这话菲菲很早就和亿林提过，这些年亿林越来越懂得维持人际关系，她把这一切看在眼里，既欣慰，又有点失落，他早就不是那个需要她在旁边提点的毛头小子了。

一场酒宴下来，免不了觥筹交错。菲菲一进来就发现了，这张总、李总、赵总身边的女子，都不是他们太太，甚至也不是上次见到的那几个，一个赛一个年轻。似乎这些男人能从她们崇拜的眼神中，找到曾经年少轻狂的自己。他们以此为傲，更享受着金钱带来的盲目快乐。

那些混迹风月场所，辗转富人之间的女子，都很会看人眼色，张口闫太太，闭口好姐姐。而她早就不懂亿林公司那些事了，但也只能保持着得体的笑意，对围在她身边衣着光鲜，名牌加身的女子释放她的友善。说来，要不是生活所迫，有几个人乐意这样赔上名声和灵魂，心甘情愿做依附男人的菟丝花呢？

亿林那边的事情估计还要好一会儿，菲菲被莺莺燕燕的香水味儿熏得头疼，想起身去趟洗手间醒醒神。包厢内的洗手间有人，她才出门没走几步，就被一个酒意微醺的富太太抓住手问道："服务员，彩云阁怎么走？"

菲菲沉默了片刻答道："不好意思，我不是服务员。"

那位太太酒意上头，上下打量她一番，轻笑了一声说："这家会所怎么搞的？什么人都放进来。"她可能以为自己很小声，但酒精到底出卖了这位身着华丽套装的富太太，心里的嘀咕一不小心，就让菲菲听了个清楚。懒得和醉鬼争论，菲菲左右看了看走廊，招来服务员把这位太太领走，自己独自走去洗手间。

洗手间是隔间式的，菲菲整理好衣服，还没来得及出门，就听到几个熟悉的年轻声音在说着什么，应该是他们包厢内的那几位"妹妹"。

"你们刚看那闫总老婆没？"听声音应该是穿粉色裙子的女子。

"你怎么就知道是老婆？"有人反问。

这些年，亿林的生意越做越大，
经常需要在高级会所应酬。

她们的言语间混合着水流声，要特别仔细听，才听得真切。

“你看看那皮肤，那年纪，那不是老婆，难道是老妈？”

“哎，都说闫总老婆命好呢，她成天这样素面朝天，闫总还去哪儿都带着她。”粉裙子女子最后得出了结论，“真羡慕啊，有闫总这样又专一又有钱的老公。”

菲菲静静在隔间里待着，直到外面安静了，才走出来。这家会所的老板，似乎很喜欢富丽堂皇的装修，就连卫生间装修得看起来都像英式王宫一般，光可鉴人的大理石地板，崭新的洗手台，鎏金水龙头，水流缓缓打在她手背上。菲菲鼓起很大勇气，抬头望着镜子里的自己，就像隔着时光与自己对视。

她以为自己仍旧是当初那个穿着格子衬衫，绑上腰包就能替亿林遮风挡雨的妻子，但镜子里，眼角细纹显露的中年女子正在仓皇地望着她。她穿着一百来块钱的白衬衫，一条黑色裤子，不施脂粉，似乎转身就能去市场买菜的模样，和这一瓶酒价动辄两三万的会所格格不入。方才走廊上那位太太将她错认成服务人员，也怪不得人家，她确实不属于这里。

回家路上，菲菲异常沉默。亿林已经有些醉了，嘴里喊着老婆，去牵她的手。她没有挣脱，看着身着昂贵西装的亿林，嘴角牵起一抹苦涩的笑容，任由手被他牵在手里，扭头去看窗外的夜色。大都会的夜景，越夜越美丽，跨江大桥上车流往复，远处的霓虹灯五光十色，天边一片红蓝色的光晕，整座城市笼罩在迷幻的雾色里。富贵迷人眼，只是物欲横流的生活未曾迷惑亿林的眼，倒是她变了。明明还牵着手，心却似乎远了。

爱情是什么样子的？一千个人眼里有一千个哈姆雷特。说起来，不过是激素分泌，多巴胺作祟，让我们产生了愉悦的感受，拼命想要拿一生做承诺。于是，我们便有了爱的感觉。

菲菲想起许多往事，就像过眼云烟一样，每一缕的烟雾，每一朵的白云，都有它的形状。她看得见，却摸不着。

菲菲和亿林从小就认识，两人从年少玩伴变成少年夫妻，一起到都市打拼。因为比亿林大三岁，于是菲菲下意识地想要保护自己的爱人。他们两个人什么工作都做过，在餐厅打工，给人端茶倒水、洗碗拖地；在轮胎厂做搬运时，亿林累得要死要活，满头大汗，却被人克扣工资，这个男人嘴笨得不行，菲菲总是一马当先冲在前面，替自家老公讨公道；在货车公司当司机，运送的货物出了点儿问题，亿林和老板起了冲突，菲菲又拦住他，主动给人赔笑脸。

她就像个安全阀一样，在他需要的时候，给他上一道保险。就这样一路走啊走，亿林走到了现在的位置。他开了厂子，成了大家眼中羡慕的总经理，而她这个安全阀，成功退居二线，成了总经理夫人，就像个吉祥物一样。

菲菲和多数女孩子不同，很多女孩子可能心里想着念着的都是有个依靠，而她所有快乐的来源，都是被亿林需要。所以今时今日，

曾几何时，亿林和菲菲两个人在轮胎厂打工，
累死累活，却被人克扣工资。

当她发现亿林已经完全可以独当一面，不再需要她，甚至她可能已经成为他的负累的时候，她突然慌了神。

原来，他不停前行的脚步，她未曾跟上，所谓的男主外，女主内，让她留在了过去的年月里。现在，只能眼睁睁地看着他烈火烹油，繁花似锦。

她追不上他了，他也不再需要她了。

每年菲菲生日的时候，亿林再忙也会给她准备生日礼物，今年也一样。那天亿林特意提早下班回家，在两人吃饭的时候，送上了他精心准备的生日礼物，一件名品大衣。包装袋上的名牌标志十分扎眼，里三层外三层的精美包装，显示着它价值不菲。

其实往年亿林很少送这些名贵礼物，因为他知道，她用不惯。而菲菲拿着这礼物，只是很轻微地笑了笑，又把它放回了盒子里。兴许是他在会所聚会之后听说了些什么，想让她像个阔太太一样，好生打扮吧。但那又怎么样呢？菲菲破罐子破摔地想，横竖她都是这么一个人，冬瓜包装得再精美，也成不了西瓜，只是东施效颦罢了。

后来的某一天，亿林想带她去参加同学聚会。几个曾经的高中同学来这座城市发展定居，如今勉勉强强也能凑得上一桌。出门前，亿林提到那件大衣，想让菲菲穿去。没想到菲菲戴着围裙一愣，平淡地说：“我把它退了。”

亿林先是惊讶不解，然后气道：“你退它干吗？不喜欢？”

菲菲把围裙摘下，走到他跟前说：“亿林，你真的觉得那件衣服适合我吗？你看看我平时穿的，哪件衣服可以配得上它？”

亿林和她沉默对视了一会儿，最终负气而走，独自赴宴。

外面太阳落山了，夜色透过落地窗渗进屋内，菲菲坐在沙发上，望着空荡荡的别墅客厅，摩挲着自己长满老茧的手，出了神。今天家里的暖气似乎失效了，不过就算再暖和，她也止不住地发抖。

不知道多少年以前，菲菲和亿林尚挤在逼仄的小出租屋内，这里的冬天特别冷，每年总有那么一些时候是下着大雪的。因为没钱，所以他们不舍得开暖气。亿林每天在外面忙得晕头转向，家里的所有家务总是菲菲主动揽下包办，买菜、做饭、洗碗、洗衣服，她事事兼顾。冷水在那时几乎结成了冰，手长期泡在水里，没几天就生了冻疮，又红又痒。菲菲晚上睡不着觉，但她不想亿林知道。

亿林迷糊间问她怎么还不睡，她只说有些失眠，睡不着。亿林为这个家付出了很多，而且他的心思她很清楚，拼尽全力地工作，只是为了给家里创造更好的环境。菲菲不想他心生愧疚，所以什么也没说。然而没过几天，亿林一脸严肃地把她喊到房间里，让她坐下。

亿林通常在面对她的时候都是嬉皮笑脸的，而这一次见他严肃起来，菲菲有些惴惴不安地问：“怎么了？”

他坐在她身侧，拽过她的手，从身后拿出药来。那是一支小小的冻疮膏，他说："我自己不发现的话，你还要瞒我多久？"他捧着她的手，嘴里说着最凶狠的话，手上动作却很轻柔，生怕弄疼了她。

菲菲云淡风轻地说："嗐，没事儿！"

冻疮膏渗进皮肤里，冰冰凉凉的，亿林低着头，突然她感到手上一热，是他滚烫的泪。一个大男人，没病没灾没委屈，竟然哭了。他通红着眼睛看她说："老婆，对不起。"

她将他的头靠在自己肩上，哄孩子似的哄他道："都说了，没事儿，你干活儿身上伤口一堆，要你这样，我眼泪能把咱家淹了。"

"我……我就是觉得自己特没用，什么事儿都要你帮我撑着。"

"一家人说什么呢？姐罩着你，不哭不哭，我们亿林以后一定发大财，赚很多很多钱给我花，对不对？"

对，后来亿林真的赚了很多很多的钱，她银行卡上的零已经数不清了，可她却越来越不快乐。这话要是说出去，肯定会有很多人说是她作天作地，无病呻吟，是不是自己真的太贪心了？

亿林回家的时候，惊醒了歪倒在沙发上的菲菲。她从记忆里抽离，一时分不清今夕何夕。他把外套放下，走过来喊她。她一抬头，睡眼惺忪正想对他笑，可是刚触碰到他的眼神，却猛然想起出门前他说的最后一句话："我就不明白了！所有女人都想着美，想着买买衣服买买包，你怎么就不收拾收拾自己？"

那笑还没到达眼底，便消融在无声的沉默中，就像一潭死水一

亿林怎么也想不明白，所有女人都爱美，
可为什么菲菲偏不喜欢打扮自己。

样，任凭石头丢进去，也听不到回声。是啊，她为什么不收拾收拾自己？所以她给他丢人了，是吗？

她想起会所内的老总们看着亿林，又看着她，若有似无地透出一股不赞同的模样。年轻女子的讥笑犹在耳边，一声声如凌迟一般，剐着她努力挺直的脊梁。山鸡不会变凤凰，她偏安一隅住在这四方天地里，竟这么多年才察觉。

菲菲若无其事地站起来，仿佛几个小时之前的争吵从未发生过。她把厨房里自己做的醒酒汤端出来，说道："喝吧，这样明天不会头疼。"

破镜重圆也难免会有裂痕。有些东西一旦破碎了，就再难回到当初。她很清楚，自己的胸腔内分明响起了破碎声，仿佛有什么东西，被狠狠地敲碎了。

那天夜里，菲菲彻夜难眠，打开手机，看到几个同学分别发了朋友圈，其中一个特别惹眼。

以前班里有一个叫晓月的同学是个美人胚子，哪怕在大家又土又穷的学生时代，她那一双大眼睛也足以勾魂摄魄。

晓月喜欢亿林，至少曾经是的。哪怕亿林拒绝，她也穷追不舍。但是后来，她嫁了一个富二代，过上了自己曾经一直期盼的豪门生活。不过听人说，前些时候她离婚了，可离了婚的她也照样潇洒，分了一大笔财产，更自由了。

但今天晓月发的朋友圈却是这般内容：感谢亿林哥今晚请大家

吃饭。配图是一张她和亿林的自拍，两个人挨得挺近，她身上穿着的，正巧是亿林之前送给自己的那件奢侈品大衣。驼色大衣配上她精致的妆容，还有那耳朵上硕大的红宝石耳环，折射出耀眼的光芒，相得益彰。世上究竟会有多少巧合，菲菲不愿去深想，就这样吧。她关了手机，狠狠闭上眼，她累了，不想再想了。

那天之后，她变得不爱出门。除了接孩子上下学和买菜之外，本该和亿林共同出席的公众场合，她一次也没去过。亿林提了几次之后，也就作罢。他们两人之间好像竖起了一道高墙，难以跨越，更何况，似乎也没人想跨越。多年的夫妻默契，竟用在了这心照不宣的沉默之上。有时候她也会怀念从前，那时候一无所有，却很快乐。

有一天，菲菲正在家里收拾卫生，亿林站在镜子前系起了领带，突然开口说："别忙活了，大家都等着咱们呢，你赶紧去收拾……"他好像突然想到了什么，又临时改了口，"你赶紧去把衣服换了，他们在催了。"

菲菲站直了身子，拍拍身上并不存在的灰尘，回应道："我就不去了。"

他走过来问："你知道今天什么日子吗？"

菲菲替他整了整领带，道："知道，闫总开业大吉！"她深吸一口气，"你看看我现在都什么样子，也不爱打扮，你赶紧去吧。"这是那天之后，她第一次坦然地说出这句话。而那条领带，还是当初她送给亿林的生日礼物，天蓝色，很衬他。

说完，菲菲竟狠狠松了一口气。而亿林看了她一眼，转头上了楼，再下来时，手里拎着两个袋子。

“你还知道今天是开业典礼啊？”他把手里的袋子塞给她，里面赫然是一件低调而不失精致的衬衫，还有一条素雅的黑色西装裤，都是她日常爱穿的牌子。

“必须去啊。”容不得她拒绝，亿林笑着继续说，“你要是不去，谁替我撑着场面？谁又能罩着我？我一个人，心里可没底啊。”

一个女人最大的幸福可能就是，那个曾经你一直陪伴的人，成为你这一生的自信和底气。泥泞里一起奔走过的人，珍惜与被珍惜，都是深情。

我爱你，一如当初你爱我那般彻底。

别让爱来得太迟 08

父亲的朋友是一名刑警，据说他以前经常跨省参加抓捕任务，亲手抓获了不少犯罪分子，一度成为我们那里公安系统内部的表彰对象。然而就是这位在大家看来英雄一般的人物，和子女的关系却常年紧张。后来听父亲说，他的孩子考上了警校，以后也要当一名警察。然而再后来，父亲又说，他的孩子因为一些原因又脱下了警服，去做了别的工作。

如今父亲和他的朋友都已退休，两人也很难像年轻时候那样把酒言欢了，只是偶尔通个电话联络感情。至于父亲朋友和他孩子的情况，我也再没听他讲起过。

我试图给父亲朋友的故事添加一个结局，于是在这个故事当中，我破天荒地让菲菲穿上了警服。也许在现实当中，并非每一个故事的走向都能如人所愿，但我们总要学会和自己的原生家庭，也和自己做一番和解，不是吗？

——亿林

三

原生家庭带来的伤痛，需要用一生去治愈。

近年来，关于原生家庭的讨论越来越多，几乎成了主流话题。如何去做一个合格的家长，这是我们终其一生无法给出正确答案的命题。别人家的孩子考了第一，班上同学的奥数比赛拿了一等奖，这种故事我们听了太多太多，于是我们拼尽全力，挑灯夜读，最后不过考了个平平无奇的成绩，而家长只看见了结果，紧接着又是一番无休止的数落。我们常常想，什么时候才能结束这永无天日的童年呢?

大学看偶像剧的时候，室友都羡慕里面的女主角可以拥有一个王子般的男朋友，他们闪闪发亮，贴心又温暖。只有菲菲一个人，看着女主角和家人的相处时流了泪。

电视剧里的父母，拥有着最正直的三观，和最体贴孩子的心，他们为自己女儿建立了一座城堡，好让她无往不胜地往前闯。因为不论何时何地，只要她受了伤，这座城堡，仍旧会是她蓦然回首时的港湾。而菲菲低头细数过往，竟想不起一个温暖的瞬间。

菲菲大学毕业两年了，如自己所愿的，她当上了警察，然后遇到了亿林。亿林是她的第一个男朋友，她相信也会是最后一个。在警校时，男女比例严重失衡的情况下，她的追求者甚至可以说是络绎不绝，但菲菲一个也没有答应。那些男生有的热烈奔放，有的脸红害羞，有的满脸威严，有的饱含正义。他们都很好，可都不是她想要的。她想要什么呢？其实她自己也不知道。

同学们说她像个冷漠无情的拒绝机器，追求者前赴后继，她偏偏能做到心如止水。菲菲只清楚，自己畏惧感情，更畏惧婚姻。她不敢跨出一步，生怕自己重蹈覆辙，踏进围城，再也出不来。

人是最懂得趋利避害的动物，不被伤害的最好办法，就是永远不要触碰可能会伤害你的东西。她从未和外人谈过自己的家庭，她厌恶自己那个冰冷的，毫无眷恋可言的家庭。而亿林不同，他的出现让她恍然发现，兴许这个温暖的如同三月春光的男人，可以带她走出那重重围城，建立一座属于他们两人自己的城堡。

菲菲母亲早些年生病早早地去世了，毕业后，她不得不回到家，每日面对自己那喜欢说教、刻板冷漠的父亲和沉默寡言的弟弟。因为她和父亲的工作都是警察，鲜少有一家子坐在一块儿吃饭的时候。菲菲时常想，上帝是不是在搭配家庭的时候，晃神错放了位置，导致他们这个家里的人不像亲人，更像仇人。

那天，菲菲和亿林商量好，一起去外面租房子住，她下定决心，要和父亲摊牌。难得三个人凑一起的周末，坐在沙发上，电视机里

菲菲一心想要逃离那个毫无眷恋的家。

播放着不知道看过多少遍的《重案六组》。她开口道："我过几天要搬出去住。"

弟弟错愕地看她，面无表情盯着电视的父亲蹙眉回头问道："你说什么？"

"我说，我过几天搬出住。"她机械重复了一遍。

遥控器"啪"的一声摔在茶几上，父亲声音彻底沉下来，他厉声问道："和谁？"

"和我男朋友，亿林。"

"姐……你……"

"这事儿你别插嘴，我来说。"菲菲打断了弟弟的话。

"你怎么和弟弟说话的？"果不其然，这句话轻而易举地引起了父亲的暴怒。从菲菲小时候，他就说"你是姐姐，要让着弟弟。弟弟还小，做错了事情，你要原谅他"，现在她就连一句重话都说不得了。

菲菲站起来叫了句："爸！"

"别说了，和你弟弟道歉。"他俨然一副不想听的模样，"还有，我不同意。没结婚搬出去和男人住，像什么样子？别人会怎么看我们家？你妈不在了，别人会说我没有好好管教你，让你这么自甘堕落。"

其实很多事情，她和父亲日常的口角摩擦，忍忍就过去了。唯独母亲是她的死穴，一点就炸。

她瞪着眼说：“你也知道我妈不在了？是，我自甘堕落，我没有教养，您堂堂人民警察为人民，管天管地，管得了所有人，却管不了我这个乱七八糟的女儿。你眼里只有你自己的面子，在外头扮演好丈夫、好父亲的时候，你数过自己一年三百六十五天，回到家几天吗？既然你眼里的我这么不堪，那我现在搬出去，不是正好眼不见心不烦了吗？”

“我是缺你吃缺你喝了？你就这么想离开这个家？”父亲显然气得不轻，站起来，那双习惯审视犯人的眼，审视着她。

她凉凉地道：“您以为，这还是个家吗？”

这一次的提议，就这样在激烈地争吵下不欢而散。菲菲猛地摔上门回到房间，抱着床头上她和母亲的合照，委屈地流泪。

“妈，你过得好吗？我想你了……”

其实菲菲脑海里关于的母亲的记忆，已经有点模糊了。印象里，母亲是个舞蹈老师，很温柔。菲菲小的时候，妈妈会在午后一下一下地拍着她的背，哄她入睡；会在夜里她临睡前，为她热一杯牛奶放在床头；会在她受了委屈时，将她抱进怀里，低声哄着。而这一切的幸福，在那个特别特别寒冷的冬日戛然而止。

母亲在她十岁的时候生了重病，拖了半年，最终还是无力回天，撒手人寰。医院里消毒水的味道，还有心电图测试仪的蜂鸣声，成了她十多年来难以挣脱的噩梦。她记得年幼的自己，在医生下病危通知书时，笨拙地拿着手机，给父亲打电话。而他挂断了，没有接。

听筒里的忙音，混合着身边其余人的哭号，像冰凉的嘲讽。

等这个高大的男人赶来医院的时候，母亲的身体已经变凉。作为母亲的丈夫，他为了他嘴里的工作，甚至没来得及见自己妻子的最后一面。那个冬夜，父亲在病床前站了许久，办理完手续，最后过来找她，开口第一句是："菲菲，我们回家。"

家？她已经没有家了。这个家里，那双舞蹈鞋，再也没有等回她的主人，她没有妈妈了。

其实在失去女主人的那天，这个家已经支离破碎了。母亲走后，父亲照旧忙碌，她和弟弟经常被寄放在亲戚和朋友家里。后来为了能省点事儿，十几岁的菲菲，学会了做菜。刀子割破了手指，渗出血珠的瞬间；被滚烫的热汤，烫了手臂的瞬间；手忙脚乱地炒菜，差点引起火灾的瞬间——她再也没有给父亲打过一次电话。因为她知道，电话里，压根不会等到它想听到的那个声音。

可笑的是，她虽然一年到头见到自己父亲的次数很少，却能在报纸新闻，还有各个叔叔阿姨嘴里，看到、听到他的各种事迹。他们说他英勇无比，破获了抢劫案，和抢匪正面搏斗；说他为了救一个落水的孩子，在冰冷的河水里泡了半小时；说他接受表彰，不断晋升。

而这个在报纸上新闻里总是热心陪着别人，笑呵呵的男人，回到家，永远只有皱眉和质问。弟弟叛逆打碎了花瓶，他问菲菲，做姐姐的，怎么不管管他？她因为肚子疼考试分数骤然下降，家长会回来，他将考卷拍在桌上，厉声质问她是不是偷懒了。就连她舞蹈比赛拿了青少年组一等奖，他也未能到达现场。看着其余选手和父母拥抱的模样，菲菲满眼羡慕。她的爸爸是大家眼里的英雄，却始终不属于她。

其实坚强惯了，流血的伤口自己舔舐也会愈合。没有人嘘寒问暖，她就自己拍着自己的肩膀，说一句都会过去的。世上没有谁离开谁活不下去的。除了在面对作文题目《我的父亲》时，提笔半小时难以为继以外，没什么大不了的。

到了高考的时候，她的艺考成绩优异，父亲坚持要她报考舞蹈专业。想来是母亲的天赋遗传，她的舞跳得很好。但报志愿时，她偷偷将艺校改成了警校。和父亲无声拉锯如此多年，菲菲就是想要看看，这个让父亲连母亲最后一面都见不上的职业，到底是怎样的迷人。

菲菲的文化分成绩很高，体能和面试也顺利通过，在拿到隔壁省警校录取通知书的那天，父亲罕见的沉默了。他出乎意料地没有暴怒，只是不解。

以为女儿会继承妻子的遗愿，继续她的舞蹈生涯，最后她竟选择做个警察，他不理解。她第一次看见这个男人眼里的迷茫，当她拿回自己的录取通知书后，冷嘲热讽道："学习您啊，为人民服务，多光辉多伟大。"

早年和父亲相处的记忆，其实就停留在高中。上大学之后，她

菲菲从家里偷了户口本，
想要和亿林去民政局领证。

回家的次数屈指可数。少言的弟弟偶尔会给她打电话，父亲竟像忘了她这个女儿一样，一次也没有主动打过她电话。当然，她更没有主动给他打过。开口没两句就是争吵，不如不说。

父女俩的默契，用在了同一天出现在墓园给菲菲母亲上香，多年如一。有几次，望着母亲的照片，她都想开口问问他，这些年，你究竟有没有后悔过？

但她没有开口，怕答案更加地让她失望。

那次提议失败以后，家里的气氛一路降到了冰点。菲菲做了人生中最出格的一件事，她偷了家里的户口本，拉上亿林去了民政局。

亿林像个傻鹌鹑站在民政局门口问她："你，要不要再考虑考虑？"

她摇摇头说："怎么？你不敢？"

他当然想和菲菲结婚，只是她瞒着家里领证，恐怕又是一场血雨腥风。

"不是，我就是……"

"那就别啰唆了，我们结婚！"

一拍脑门就结婚的人，估计不在少数。如果说爱情是细水长流，那结婚无疑需要临门一脚的魄力。踏进婚姻，和身边人捆绑终身，需要莫大的信任和孤注一掷的勇气。

爱侣们总是互相询问：你爱我吗？你会爱我一辈子吗？你会爱

我到下辈子吗？诚然，许多人许下承诺的时候，是真心的。只是这份真心很多时候都消散在后面的油盐酱醋茶和一地鸡毛里了，能够相携过一生的人，实在太少。

一屋，两人，三餐，四季，我都想与你共度。菲菲握着亿林的手，昂首走进民政局。大家都说她很像她的母亲。还是不要像母亲的好，母亲并没有遇上一个相伴到老的良人。此时此刻，她愿意赌一把，以此来拯救她糟糕的前半生。

两本红证摆在菲菲父亲面前的时候，他显然没有丝毫准备。他看着眼前的女儿和突然多出来的女婿，又看看桌上的结婚证，半晌没有说话。弟弟也傻了眼，拿过那两本证左看右看，然后目光游移在父亲和姐姐之间，一个音也发不出来。

父亲站起来，走到亿林跟前怒斥道："我女儿不懂事，你也跟着一起疯？结婚这么大的事，你和自己家商量过吗？"

亿林算是遭了无妄之灾，他还没开口，菲菲父亲劈头盖脸地训斥道："你就这么把她娶了，你问过我的意见吗？现在的年轻人做事，都这么荒唐吗？"

菲菲拦在父亲和亿林跟前喊道："您骂他干吗？要他结婚的人是我！"

"我知道是你，你长大了，翅膀硬了，想飞了，是不是？"他摘掉老花镜，"你这样冲动，以后出了什么岔子，我怎么和你天上的妈交代？"

得知菲菲和亿林的消息，父亲丝毫没有心理准备。

“爸，您觉得我妈想听您的交代吗？她死的时候，您不在她身边，您和她交代了吗！”

“姐，你少说两句……”弟弟在旁边劝着。

菲菲梗着脖子，丝毫没有让步的意思。父亲胸口起伏，指着大门吼道：“滚！你现在就滚！以后都不要踏进这个家门！”

“如您所愿！”菲菲拖着两个大大的行李箱，拽着亿林离开家。回过头望着自己生活了二十多年的家，竟感觉如此陌生。

一番争吵之后，菲菲和父亲不欢而散，离开了家。

他们两个人搬进了亿林早些时候准备好的婚房，房子不大，却布置得很温馨。她也如她自己所说的那样，再没有回过那个糟心的家。但是离开了家，菲菲却没有她自己想象的那样解脱和快乐。

日子一天天地过，两人的婚礼也提上了议事日程。亿林这些日子总是神秘兮兮地拿着手机，菲菲倒不是怀疑他有什么不可见人的小秘密，就是觉得有点古怪。直到那天夜里他去洗澡，手机屏幕亮了起来。菲菲喝着手边的牛奶，低头看到了一条聊天提示，账号备注是岳父。

亿林的手机密码，她是知道的。菲菲鬼使神差地打开手机，点开那条消息，入目是她熟悉的微信头像，是他们家的全家福，一家四口人，每个人都笑得很是开心。

“小闫，菲菲最近过得好吗？”

他为什么问这个？大脑乱成一片，无数个声音在她的颅内争吵，她失神地往上翻，全是她父亲隔三差五对她的问候，夹杂着亿林和他的问好。

再往上翻看，最早的一条消息，也是最长的，一封信似的。

小闫：

我是菲菲爸爸。那天叔叔不该对你那么凶，我先在这里和你道歉。

其实我并非不看好你们，菲菲和我提过你好多次，她向来很有主见，看人也很准，我相信自己女儿的眼光。只是你们结婚太突然，菲菲之前和我吵架，我担心她有赌气的成分，怕她将来后悔。现在看来，是叔叔杞人忧天了。

我听你们领导说了，你们小两口过得很好，叔叔很开心。请原谅我冒昧打扰，只是菲菲可能不太想和我说话，所以我也只能通过你，侧面了解一些她的近况。

你可能也知道，菲菲妈妈走得早，我工作又忙，警局的工作我虽然顺利完成了，却没能尽到一个好丈夫好父亲的责任。之前其实都是菲菲妈妈在照顾他们姐弟，她一走，我就更不知道怎么和孩子们交流了。

早些年，我怕孩子走歪路，所以对菲菲要求十分严格，到反应过来的时候，我们的父女关系已经成现在这样，不可补救了。

还有一点，也是我不对。菲菲太像她妈妈了，我看着菲菲的脸，就会克制不住地难过，这也是我最早几年比较少回家的原因。我不想让孩子们看到一个脆弱伤感的父亲。我只是想嘱托你几句，菲菲是我最骄傲的孩子。她独自成长，变成了一位正直勇敢的人民警察。可能偶尔性格有些别扭，不爱把苦楚说给人听，什么难过伤心都自己扛着，你多担待。也请你替我隐瞒，我联系你这件事，她知道了，可能会不高兴。

另外，她喜欢在睡前喝一杯牛奶，如果可以的话，麻烦你每天睡前，给她热一下。我就把我最珍惜的女儿，托付给你了……

这些话，每一字每一句她都认识，可是连在一起，她竟然有些看不懂了。不，其实是她不想看懂。嘴里的牛奶骤然苦涩，她不愿相信，自己埋怨了那么多年的父亲，其实全然不是自己想象中那样冷漠无情。

为什么？为什么会这样？

每个人都自以为眼睛看到的真实便是真的，怨恨自己想怨恨的。待到许久以后，发现事实真相正巧相反，堆积如山的怨恨只会成为无垠的悔恨，如同站在旷野上，望着被自己一把火烧了的满目疮痍的平原，苦恼如何让它重新焕发生机。

拿出床头那张她偷偷藏了好多年的全家福，看着他们一家四口灿烂的笑颜，菲菲红了眼。她对刚走出浴室的亿林哑然道："你帮我做一件事吧。"

几天之后，菲菲父亲收到了亿林的消息，让他带上弟弟，一起去定制西装，婚礼上用。父亲在婚纱馆，看到了站在门口等待自己的女儿，他愣住了，而菲菲还是老样子，叫了声："爸。"

他点点头，带着弟弟，跟着两人进入婚纱馆。西装定制在二楼，店员跟在他们身侧，为他们几位男士挑选合适的西装。亿林卖力称赞："弟弟长得帅，穿什么都好看！"

菲菲点点头，脱口而出想说弟弟长得像爸，抬头就看到镜子里父亲一脸期许地看着他们姐弟俩。她猛然瞥见了父亲染上花白的头

兜兜转转多年，菲菲终于在迷途中，
找到出路，回到了最初的城堡。

发。是什么时候开始，他长皱纹了？是什么时候开始，高大威严的父亲背脊不再挺拔？又是什么时候开始，他用这种温情脉脉的目光，看着自己的儿女了？不，应该是从一开始，他那威风凛凛的神情下，就藏着无尽的深情和爱意。只是她被怨恨迷了眼，未曾发现，作茧自缚了这么些年。

定好西装，亿林让菲菲父亲穿成衣看看上身效果，然后带着父亲一路走到一楼的大帘子前。父亲一脸茫然，望着眼前的幕帘，不解道："小闫，你带我来这儿做什么？"

话音未落，幕帘朝左右两边分散开。帘子的背后，是明亮的落地镜，还有射灯下，穿着拖尾婚纱，闪闪发光的女孩——是他的女儿。

这个与匪徒搏斗了大半辈子的男人什么场面没见过？但在这一刻，他竟呆住了，周遭仿佛都暗下来，只剩他们父女。

"菲菲……"

菲菲笑了笑，这是这么多年来，她第一次朝自己父亲露出的毫无芥蒂的笑容。只见她突然挺直腰杆，做了个敬礼的动作说道："老陶同志，您的女儿菲菲向您报到。"

这就是他的女儿，长相像极了妻子，脾气却随了他的女儿，她是他此生的骄傲。

父亲嘴唇微抖，眼角的泪光，比婚纱上的碎钻还要闪亮。他哑着嗓子，笑着说：“小陶同志辛苦了。”

兜兜转转多年，她终于在迷途中，找到出路，回到了最初的城堡。未曾说出口的爱意，未必轻于那些宣之于口的“我爱你”。世上没有满分的父母子女，只有不停努力，想要传达爱的平凡人。他们没有魔法，也不是超人，但仍旧尽力想要做彼此的盖世英雄。

别让爱来得太迟。趁他还爱你，趁还来得及。

09 生活是柴米油盐的平淡

今年春节假期，我的一个大学同学从外地回家过年，打电话约我喝酒。我和那个同学在大学里睡了四年上下铺，说关系胜似亲兄弟也不过分。大学毕业后，他去了更大的城市发展，回来的机会不多，不过从他的朋友圈来看，这小子在大城市买了车，买了房，娶了老婆，好像混得很好。

那天的酒局，我们照例约在大学附近的小饭馆，本以为可以一起回忆青春，没想到酒过三巡，他却跟我说起了自己的苦恼。大学期间他很爱运动，没想到毕业那么多年，这个习惯倒还一直保持了下来。但就是在羽毛球场上，他和自己的搭档互生情愫。但他已经结婚十年了，而那个姑娘，刚好也比他小了十岁。

他说自己结婚十年，如今早已感觉不到任何生活的激情，甚至每天还要面对太太的唠叨。而每次和那个年轻的姑娘一起打球，他总能忘掉一切烦恼，甚至忘掉了自己真实的年龄。出于理性，他并没有跨越红线，但如此状况，依然让他痛苦不堪。

是啊，生活当中总是充满了各种诱惑。我不止一次地探寻着生活的意义，激情满满和柴米油盐，到底哪一个才是生活的最终归宿？我写下的这个故事，大概就是我给出的答案。

——亿林

三

面对爱情，所有人都在患得患失。明明对方就在身边，近在咫尺，翻个身就能摸到。我们还是忍不住问：“你爱我吗？你会爱我一辈子吗？你不会后悔和我在一起吗？”

想紧紧抓住眼前人，却又怕自己握住的，只是自己虚构出来的海市蜃楼。想潇洒地说自己不在意，可对方哪怕转瞬的沉默，稍有犹豫，便足以将你苦心垒起的自信城墙，碎成粉末。

其实，哪里有一辈子的爱呢。爱情不过是冲动一时的产物。两人相识相知，到相恋相爱，只是体内的多巴胺在作祟。时效一过，爱意就随着匆匆而走的时光，流逝殆尽了。

若是问，那些从青春到白头的恋人们之间，难道没有爱情吗？的确有的。爱情会消散，情意与信任却不会。在朝夕相处的日子里，眼前这位头发日渐稀少，身材已经走样的伴侣，不仅是爱人，更成了习惯，没有血缘的家人。哪里有人能割舍自己的家人呢？

亿林和菲菲结婚十年了。从大学谈恋爱，到现在，早就过了七年之痒。亿林近来看着菲菲，常常会想起十年前，刚谈恋爱的时候。时间对人公平也残忍，让他们每个人都变了模样。她眼角的细纹，她挂在嘴边的家长里短，鸡毛蒜皮，十年后的她，全然不是最初的模样了。其实他自己又何尝未变呢？

“喂！赵其啊？”菲菲欢喜的声音从阳台传来。她一边晒衣服，一边用胳膊和脑袋夹着手机，动作有些滑稽，神情却满是惊喜。

“什么？你从美国回来了？不走了？好啊好啊，过几天我们见一面，我做东，好好请你吃吃家乡美食……好！拜拜！到时候见！”

有多久没有看到菲菲这么开心的模样了，她面对他的时候，总是皱着眉，指指点点，数落这个地方卫生做不好，那个位置窗户没擦干净。早上出门没带钥匙要被骂，晚上应酬回家迟了会被数落。菲菲眼里的他，几乎什么都不会。

大学时，赵其曾经非常热烈地追求过菲菲。他家境好，追求女孩儿的方式也极近浪漫。坐在沙发上的亿林不禁想，既然现在如此嫌弃自己，菲菲当初为什么不选择赵其，而选择他呢？他百思不得其解。

人的喜欢究竟可以维持多久？人心是善变的，今天喜欢喝雪碧，明天会喜欢喝可乐。

亿林坐在办公室里，手里握着还带着水珠的苹果，看了看在不远处忙前忙后，和同事说笑的小北，手里的苹果似乎烫起来。小北是新来的实习生，高校毕业，从小地方来到大城市读书、就业，有些谨慎怯弱。打翻了桌上的水，她会像受了惊的兔子一样，一直躬身道歉，不停地说“对不起”。买早餐的时候，也极贴心地买了整个部门的份，即使他们部门没有人会给实习生使绊子。工作任务繁重的时候，小北哪怕已经完成了自己的部分，也会主动留下来，和大家一起加班，帮忙完成剩下内容，顺带买夜宵。

起初，都还算正常。有一次，小北因为工作失误，差点误了一个大单子，亿林于心不忍，身为营销一组的组长，挺身而出，为她扛下了这件事之后，这辆正常行驶的列车，终于偏离了它的轨道。

亿林加班后发现小北仍在工位上，便找她谈心，让她放松。这时他意外发现，她其实是一个非常努力和有想法的年轻人。亿林仿佛在她身上看到了曾经的自己，眼前这个女孩儿瘦弱的身躯，和十年前初到职场满腔热血的少年身影渐渐重合了。他们开始在闲暇时聊天，小北也渐渐大胆向他请教工作上遇到的问题。

亿林手上的这颗苹果是小北今天从家里带来的，新鲜红艳，香气幽幽飘入鼻间，上面缀着的水珠，更添食欲。他已经不再年轻了，职场打拼十年，他能迅速准确地判断，小北对他不是泛滥成灾

在小北身上，

亿林似乎看见了曾经的自己。

的同事爱。她对他，应该是有些不一样的。

人真的很神奇。长久以来的道德约束了亿林，脑内警报四起，叫他立刻马上远离。另外一个声音却在他耳边，恶魔般低语。

“你应该很开心吧？”

“年轻有为，温柔漂亮的女研究生竟然放着身边那些青年才俊不要，偏偏对你献殷勤。”

“你依然很有魅力呢，闫亿林。”

学生时代，我们常以为，所有的问题都会有一个标准答案。成熟后才发现，人生有很多分叉路口，需要面对一次又一次的抉择，永远没有正确答案，没有正误，只有取舍。没有人能告诉亿林，婚后遇到相谈甚欢的异性，该怎么办？心里清楚不应该，但偏偏每次工作完，都想留下和她多说几句话，甚至不想回家。每次回到小区的地下车库，亿林都要坐上几分钟，菲菲打来的电话，他也不接，就想挂断。他悲凉地发现，自己竟然抓不住，行将远走的心。

在家里，亿林和菲菲也摩擦不断。

上班之前，她数落他：“上班快迟到了，你能不能快点啊？就你这工作态度，还升什么经理啊？”

想在沙发上休息一会儿，她会冷不丁地嘲讽：“一天到晚就知道看电视，有什么好看的？有这时间，不如多琢磨一下你的那个项目。等过段时间，你年终奖发了，咱们换大房子也有着落了。”

两人吃饭的时候，她还在埋怨：“我准备换家超市买菜，那家超市现在越来越贵了！”

而手机微信聊天框里，却是小北发来的消息。一张照片，全都是色泽鲜美的美食，是她今天的晚饭。

“我今天做的！下次带些给你尝尝。”

他在对话框里，输入了两个字加一个表情：“好的（坏笑）。”在菲菲的抱怨连天中，亿林拇指微动，选择了发送。

菲菲皱着眉说：“我说你倒是吃啊，天天抱着手机，能看出花儿来啊？”

是的，看不出花儿来。他看着面前曾经自己发过誓要一生守护的妻子，却也看不出她的可爱了。那天他回家，突然发现柜子上多了一瓶包装精美的洋酒。亿林不喝洋酒，不过看牌子，应该是一瓶挺贵的酒，价格要四五千块。

亿林很了解菲菲的性格，平时超市看菜价，一两毛都会犹豫许久，若不是重要的人，她不会选择如此贵重的酒做礼物。他不由自主地联想起那通来自赵其的电话，夫妻竟然是双双越轨吗？真是嘲讽。

只是他们不一样，他还在为自己困于他人的情意痛苦挣扎的时候，而菲菲连遮掩都没有，当着他的面打电话，就连送的酒也这么大剌剌地摆在他一眼就能看得见的地方。

我们通常习惯性地为自己的错误找借口，
也通常喜欢破罐子破摔。

我们通常习惯性地为自己的错误找借口，也喜欢破罐子破摔。既然爱人也并非完美，那么自己出一些小差错又有什么问题呢？这只是在满腹苦闷中，找个可以给予慰藉的知心人罢了。哪怕，这已经违背了自己的原则。

几乎所有人，都会被新鲜感蒙住澄澈的双眼，对待新的人或物，我们的包容度总是高些的。如同戴着七彩的滤镜看这些充满未知的东西，光怪陆离，它们多美好啊。

恰逢公司团建，一群人喊着说要追寻青春的脚步，这一追，就追到了KTV。亿林已经很久没有去过这种年轻人的娱乐场所了，大学时倒是和菲菲，还有一群同学们常去。菲菲唱歌很好听，当然那也是以前了，他已经不记得自己有多久没有听过菲菲唱歌了。

不知道是谁点了一首《知心爱人》，酒过三巡，什么领导员工、上司下属，统统抛到脑后。酒精放大了人的贪念和欲望，在白日被牢牢禁锢的灵魂，叫嚣着要脱离重重锁链，想要重获新生。手里被塞了话筒，一堆人起哄要他唱男声。可能是因为这首歌实在太老了，女同事们多数都摇头说自己不会。最后坐在旁边的小北，默默举起了手，大家笑着把另外一个话筒塞给小北。大笑着说，小北看着年轻，原来也这么怀旧。

让我的爱伴着你直到永远，
你有没有感觉到我为你担心，
在相对的视线里才发现什么是缘，
你是否也在等待有一个知心爱人。

把你的情记在心里直到永远，
漫漫长路拥有着不变的心，
在风起的时候让你感受什么是暖，
一生之中最难得有一个知心爱人。

不管是现在，
还是在遥远的未来，
我们彼此都保护好今天的爱，
不管风雨再不再来。

酒劲儿让亿林有些恍惚，看歌词的间隙，偶然和小北对视，少女双眼闪烁着光斑，眼波流转间，嘴角噙着甜美的笑，双手抱着话筒，甜美的歌声几乎穿过他耳膜，席卷他四肢百骸。

歌曲结束，他无可自拔地看向小北。亿林苦笑着，不得不承认，他被小北吸引了。

散场时，男同事们自告奋勇送女孩儿们回家。他难得地撒了谎："我和小北一路，正好打车把她带回去。"

晚上下了很大的雨，噼里啪啦的，雨水溅在他们身上。两个人挤在一把小伞下，暧昧暗生。他们一路小跑到小北住的那栋楼楼下，小北拿着伞，亿林身上倒是没怎么湿，她的半肩都湿透了。

亿林蹙眉道："你怎么光遮我，不遮遮自己？"

如同一碗盛了月光的水，女孩儿一笑，那月光便溢出来，氤氲进无边夜色。

"唉，多谢你了。跟你聊聊天，心里舒服多了。"

她耸耸肩："也谢谢你送我回家。你以后有什么烦心事，就多跟我说说吧。我做林哥的垃圾桶。"

他深知不该再继续了，点到即止。告别之际，却被她拉住手臂："等等！"她将雨伞塞进他手里，"你先用着，回头再还我。"

小北眼角弯弯，笑起来的时候，像两道小桥。这月色太美太温柔，亿林觉得自己醉了，且醉得不轻。

也许，我们都是贪心人。

那日之后，小北和他的联系日益增多。他更换了手机密码，怕菲菲看见。

这天他才回到家，低头摸了摸口袋，有一张小纸条，抽来一看，竟是张电影票，后天的电影。与此同时，手机也收到了小北的消息："嘻嘻，后天我们一起去看电影吧！"

他还没来得及回复，就看到菲菲穿着一身精致的黄色缎面连衣裙飞快走了出来，竟戴上了她最宝贝的珍珠耳环，在他跟前转了一圈，光彩照人。

“你这是……”亿林有些傻眼。

她嗔怒道：“打你电话也不接，赵其从美国回来了，今晚约我吃饭。”

小北眼角弯弯，笑起来的时候，像两道小桥。
亿林觉得自己醉了，且醉得不轻。

亿林和小北挤在一把小伞下，暧昧情愫暗生。

所以要打扮得如此精致，好去见曾经的老同学？他心里不悦，却没宣之于口。

握着手机的手攥得死紧，小北给的电影票在口袋里躺着，亿林悲哀地发现，自己已经丧失了阻拦菲菲前去赴宴的资格。

他并非一个合格的丈夫。

“我一个人去不大方便，正好，你陪我一块儿去。”她走出门，回过头来，“对了，把柜子上的那瓶酒带上。”

亿林更加不理解，赵其约菲菲吃饭，他主动跟去算什么呢？就像一个变态丈夫不放心地跟着妻子。但扪心自问，他确实想去，很想去，想看看曾经的手下败将，时隔多年后，会使出什么新招数。

赵其去美国留学，毕业后就留在美国，干起了金融工作。回国后也是各家金融机构争相抢夺的香饽饽。进了饭店，菲菲走在前面，也不知道赵其是习惯了欧美人的打招呼习惯，还是有意为之，张开双臂就想给菲菲一个拥抱。亿林还没来得及上前，菲菲便不着痕迹地回避了他的拥抱。就这样，他和赵其坐了对面，菲菲坐在中间，三个人围着铜锅，开始这顿谁也吃不好的聚餐。

菲菲倒是表现得还算自然：“我觉得你现在挺不错啊，一回来就做了副总。很久没吃铜锅了吧，我特意选了这家，你多吃点！”

都是男人，亿林清楚地看到赵其眼中一晃而过的爱慕，怕是旧情难忘。说来他还真是深情，这么多年过去，还一直喜欢菲菲，哪怕他已经结了婚，有了自己的家庭。

赵其给菲菲夹菜，笑了笑："你说说看，这么多年过去了，还是你最善解人意。跟你聊天啊，像回到了大学时代，就是舒服。"他余光似乎扫过亿林，又长叹一声，"可不像我们家那位，整天在我耳边叨叨，烦都烦死了。"

菲菲煞有介事地点头："我说你们男人啊！就这么一会儿，夸你们几句，捡几句你爱听的说，我就是善解人意啦？"

她拍了拍旁边亿林的手，继续对赵其道："我平时什么样，你知道吗？再说了，你老婆整天烦你，凶你，那是实实在在地跟你过日子。有个人愿意天天陪着你，跟你掰扯鸡毛蒜皮的小事，不容易啊！赵总，您就好好珍惜吧！别身在福中不知福。"

亿林看着赵其一脸落寞，他自己也吓了一跳。而菲菲夹了一筷子肉，放进他碗里："是吧，老公？"

爱一个人的时候，总希望给她最好的生活，最好能把世上所有的珍宝都捧到她跟前。但现实在前，并非所有人都能给得起珍宝。至少比起赵其，他还差得远。

一顿饭吃罢，赵其将旁边包装精美的礼品袋拿过来，送给菲菲。

"来，女神，这是我从美国带回来的伴手礼，就当作……"他想了想，说"重逢的礼物。"

亿林更加不理解，赵其约菲菲吃饭，
他主动跟去算什么呢？

那个品牌是国际超一线大牌。这一套下来，少说得五六千块钱。赵其竟如此慷慨。

菲菲大大方方接过："那我就不客气了。对了亿林，你给赵其准备的礼物呢？快拿出来。"她回头喊他，看他一脸呆滞，完全状况之外，赶快从他手上拿过那瓶酒，"我不知道送男士什么好，还是你们男人懂男人，这是我家老闫挑的酒，请赵总笑纳。"菲菲将酒塞进赵其怀里，拱手作揖，惹来赵其哈哈大笑。

都是年过三十的成年人了，菲菲的态度，谁看不出来呢？赵其释然地摊了摊手，做出一副无可奈何的模样。他主动上前和亿林握手："老闫，我们下回再聚。"

同样的夜色下，完全不同的心境。亿林和菲菲走在空旷的小路上，路灯照亮了他们回家的路。前方菲菲的背影迢迢，成熟的菲菲，和大学那个绑着马尾一蹦一跳的女孩儿重叠了。菲菲虽然在家念叨他，但在外头，从未让他丢过面子。她自掏腰包买酒，却用他的名义赠礼，一面摘清了自己送礼物的暧昧，另一面，又何尝不是维护了他的尊严。

也许其实她从头到尾都没有变过，变了的人，只有他一个。

菲菲接了个电话，是亿林妈妈打来的，她在电话里和婆婆轻声细语地说话，开心地告诉她："妈，等亿林发了年终奖，我们就能换大房子了，到时候把你和爸，还有宝宝接来，咱们一家子一起住！”

他的手在口袋里捏紧了那张重如千斤的电影票，鼻子一酸。自己在埋怨着菲菲，另寻他人安慰的时候，其实菲菲早就计划好了将来。在菲菲的人生蓝图里，每一笔每一画，都有他的存在。

亿林将那张电影票扔进了垃圾桶，他快步赶上菲菲，牵过她的手。她刚挂断电话，错愕地回头看他：“怎么啦？”

“老婆，我们后天去看看房子咋样？”

她展颜一笑：“行啊！看看喜欢哪个楼盘，争取明年，咱们就能住上大房子！”

菲菲拽着他空荡的街面上奔跑，空气中浮动着的都是最纯粹的快乐。她幼稚得像个孩子，大喊道：“我们要有大房子喽！”

跑得累了，菲菲喘着气停下来，回头看他：“看完房子，我们去吃顿好吃的，然后去看场电影吧。咱们好久没有一起看电影了。”

亿林愣了两秒，点头：“好，都听你的。”

她好像什么都知道，又什么都不知道。好在，他没有还没弄丢他的珍宝。好在，此时此刻，两人仍有彼此紧握的双手。

乱花渐欲迷人眼，物欲横流的大都市，有形形色色的蛊惑。它们包装精美，像蛋糕店里精致的点心，可口诱人，但往往藏着见血封喉的毒药。人心底住着贪婪和欲望，等着你卸下防备，趁虚而入，是剜心的贼。

那些蛊惑，看似美好，却仅仅是成全了你的幻想，皆是虚妄。你所感受到的，不过是短暂地投你所好，讨你欢喜。

而生活最真实的样子就是——柴米油盐的平淡和激情褪去后的相守。

10 有些人，一旦错过就不在

可能你也听过《年少有为》。第一次听的时候我正在开车，音乐电台在放这首歌，当时我没多心，只觉得旋律很好听。那天晚上，因为考虑了很多工作上的事情，我有些失眠，于是干脆戴上耳机，又找出这首歌，重新听了起来。夜深人静，我才发现，这首歌唱的是一个关于错过的故事。

也许我们每个人都曾听说过类似这样的故事，它残酷而真切地发生在我们的同学、朋友，甚至自己身上。就在那个夜晚，我将自己代入歌里的角色，伴随着想象，一气呵成写下了这个故事。等到写完，天已经快大亮了。我关掉电脑，走到床前，看着正在熟睡的菲菲，不忍吵醒她，却在心里对她说，幸好今生没有错过你。

——亿林

三

什么时候会觉得孤独？

是高烧三十九点五摄氏度，拖着病体回到家，躺在孤独的小床上，望着天花板，天旋地转的时候？还是在公司加班到凌晨，冒着瓢泼大雨，在四下无人的街道拦不到一辆出租车的时候？抑或是，看到一部有趣的电影，独自前去电影院，满心欢喜地走出来，站在日光底下，拿出手机，却发现无人能分享心情的时候？

忍受孤独，成了生而为人的必修课。一梦到黄粱倒好了，最怕的是睁眼醒来的那个瞬间，猝然席卷全身的疲累，只能叹这黄粱梦短，而孤寂太长。

独自一人在青北打拼的亿林，太知道孤独意味着什么了。

青北是省会城市，离他老家不过三小时的车程。只是这短短的三小时路程的两端，一面连着国际大都市，一面连着的是普通到提起地名，大家都想不起是哪儿的三线小城市。所以大学毕业以后，亿林选择了留在青北。

稚气尚在的少年，澄澈的双眼里，藏着凌云壮志，誓要在这座人见人爱光芒万丈的大都会里，闯出一片天。这一闯，就是整整八年。若不是逢年过节，回过几趟老家，恐怕他早已忘了故园山水，旧时月色了。

他租的房子附近有家面馆，他每天大早上步行去地铁站，下班徒步回家，都会路过。从中心商务区回家，需要一个半小时，他的预算有限，只能住在四环之外。四环之外的饭馆儿，基本上就是眼前这家面馆的规模。

三十平方米的小店面，玻璃门上贴了四个红色大字——欢迎光临，复古感十足。老旧的风扇安在墙上，嘎吱嘎吱地摇着头，也不知道在叹息些什么。

这是家夫妻店，面馆的老板是个“耙耳朵”，怕极了老婆，几乎是说一不二。几乎每次亿林来店里吃饭，都会听到老板娘在数落老板。无非就是那些鸡毛蒜皮的小事儿——

“你不要每次放那么多香菜，香菜多贵知道吗？”

“今天你是不是给那桌客人抹了零头，一块两块钱不是钱吗？”

“孩子马上就要结婚了，看你到时候拿什么钱去给他买婚房！”

老板每次都赔着笑脸，嘴里连连说是。从另外一种意义上来说，他确实是个好丈夫。

桌上的牛肉面漂着灿灿的红油，
亿林早已饥肠辘辘。

“牛肉粉加一颗煎蛋，十八块。”

桌上的牛肉粉碗漂着灿灿的红油，亿林付完钱，低头猛吃。他太饿了，今天将近十二个小时没有进食过，项目负责人一直在后面催促他们部门图纸，他按照甲方的意见反复修改，错过了饭点。中心商务的外卖价格，实实在在没有辜负它所在的区域，一份平平无奇的鸡腿饭，能卖到三十八块钱的高价。谁的钱是大风刮来的？能少当一次冤大头，就少当一次吧。

伸手去拿醋瓶，正准备往碗里添，亿林突然停了手。

“你为什么要加醋！加醋不好吃！”

这是谁的声音？哦，是他记忆里的那个人。他爱了十年的女孩儿，菲菲。可惜他们已经分手了。就在这个面馆，这张桌子跟前。

他毫不怀疑，菲菲是他这辈子最爱的女孩儿。十年时光，漫长又短暂，十年也可以改变很多东西，比如少年逐渐被消磨殆尽的豪情壮志，还有那双逐渐失去光芒的双眼。十年呀，弹指一挥，眼皮阖上又睁开，就这么从指间流逝了。

“小伙子，之前总是和你一起来的那个姑娘呢？”老板哪壶不开提哪壶。

亿林被辣椒熏了眼，吸了吸鼻子说：“她呀，我们分手啦。”

“啊？为啥？”老板不解，“那姑娘看着挺好的。”

就是因为她太好了，亿林咽下嘴里的米粉：“是呀，是我配不上她。”

尽管现在大家都歌颂爱情，说爱情没有三六九等，不分贫富贵贱，但谁又能真正抛开那一切世俗牵绊。在现实面前，爱情显得那样卑微不堪。不用说什么生离死别，只要一阵风，就能轻而易举地吹落曾经海誓山盟的情分。

菲菲是他大学校友，读医学的，是本地人。家里不说十分富裕，但父母都是公职人员，她又是独生女，自然也是泡在蜜罐子里长大的。

可能她是亿林遇到过的女孩儿里，最乐观，也是最善解人意的一个。良好的家世，造就了她那颗剔透的心。她看到街边流浪的小狗，会买两根香肠，亲手喂给它们；帮助拾荒的老人，收起散落一地的塑料瓶子；定时献血，作为医学生，她甚至还签了遗体捐赠的同意书，说即便是以后死了，也要为人类医学做贡献，做个伟大的“大体老师”。当然，还有最重要的，她选择和他在一起。

世上所有美好的词汇，都不足以形容菲菲。她喜欢他，如同天上掉下的馅饼，狠狠砸在了他跟前，砸得他晕头转向，以至于忽略了最根本的问题，他们两个人，从出生就不在一条起跑线上。哪怕他日后怎么追，也难以追平。菲菲和他之间，隔着一条天堑。

大概半年前，他们两个人一块儿逛商场。那天正好是情人节，商场里到处都是成双成对的情侣。情人节的粉红氛围，填满了整座繁华商场。菲菲从来不让亿林掏钱为她添置新衣服、新鞋子、新包，每次付钱都抢在前面。她没有明说，但他知道，她就是不想让他多花钱。身边其他情侣有说有笑，男孩儿开心结账，女孩儿撒着娇，欢天喜地说谢谢。而他最好的菲菲，却早早地收起了她的娇气，只剩下害怕伤他自尊的小心翼翼，和过分体贴善解人意。

商场里有一家国际有名的巧克力品牌，大老远就看到很多人排队。情人节送巧克力，是传统却行之有效地表达爱意的方式，而且那家巧克力，他无意间听菲菲和朋友说起过，她很喜欢吃。但正巧那段时间，他才把多数的积蓄寄回家给父母盖房子，除了解决温饱，他实实在在没有钱负担别的，本来想着用信用卡给她买，至少让她开心一笑，却见她停在那家店的橱窗前，皱了皱鼻子："巧克力这么多人排队啊，有什么好吃的？"

"你不吃吗？"

她娇俏地挑眉："不，我要减肥！拒绝甜食！"

谎言这样拙劣，明明前半小时，她自己刚刚买了一杯奶茶，全糖的。

亿林和菲菲站在客人络绎不绝的店门口，他深深地看了菲菲一眼，没再说话。不能再这样下去了。他想。

后来没几天，就在这家面馆里，他和菲菲说了分手："菲菲，你以后别来我这边了。"

她迷茫地看他："那我们去哪里见面？"

菲菲才下班，就从大老远赶来见他，连发丝都是乱的。而亿林近乎贪婪地看着她的脸，狠下心说着最绝情的话："我们以后也不要见面了。"

"闫亿林！"她把筷子摔了，"你什么意思？"

他低下头接着吃面，不敢抬头看她的眼睛，怕她一眼看穿自己的不舍："我们不合适，分手吧。"紧接着就是长久的沉默，后来她一句也没说，含泪把碗里的炒饭吃完，径直走出餐厅。她的背影消失在门口，他只能目送，菲菲踏出店门的那一刻，他彻底意识到，她要离开他了，他亲手葬送了他的柔软，他的青春，他的梦想。

她自由了。

喜欢和爱的区别是什么呢？喜欢是看到一枝漂亮的玫瑰花，想要摘下它。而爱，却是心甘情愿地放手，尽管不舍得。

和菲菲分开的日子里，他照常上班，面对老板的压榨，他甘之如饴。他用工作麻痹自己千疮百孔的心，总好过回到那个老旧的出租屋，不停在大脑回放和菲菲在一起的每个瞬间要来得快活。

和面馆老板聊完天，
亿林又没日没夜地投入工作，
每天忙到三更半夜才回家。

要是心上能有个开关就好了，关上了，就可以不再爱了。亿林就是不明白，为什么世间如此多的不公，如果他有钱，如果他能在这座城市买房子，也许他就能留住他最爱的人。可惜，生活没有如果。

那天和面馆老板聊完天，亿林又没日没夜地投入工作，每天忙到三更半夜回家，一点力气也没有，躺倒在床上，却仍旧没有睡意。他偶尔也接到父母电话，爸妈在电话那头，让他带菲菲回家，他也只能搪塞过去。他不敢和爸妈说自己已经和菲菲分手了，在青北待了十二年，大学四年，工作八年，他除了满身伤痕，孑然一身。

本以为努力工作，升职加薪，就能让身边人过上好生活，也以为如今的状况已经糟糕到了极致，不能再坏了。没想到，生活给了他致命一击。

一天，他工作回到家，突然看到了家门口的母亲。母亲拿着土特产，在他出租屋楼下坐着，花白的头发在月光下，泛着银光，更添苍老。

“妈，你怎么在这儿？”他又惊又喜。

母亲一路跟他上楼，给他做饭，做了他喜欢的家乡菜，还带来了她亲手做的醉蟹。亿林看母亲忙前忙后的样子，心酸更甚，差点咽不下嘴里的米饭，舌尖苦涩泛滥成灾，一路苦进胸膛，心比黄连苦。在这个尴尬的年纪，不能为父母分忧解难，甚至原本他们中意的准儿媳都被他赶走了，是为不孝。

提及父亲的时候，母亲吞吞吐吐的样子，让亿林发现了端倪，母亲踏实了一辈子，根本不会说谎。他几经盘问下，母亲才说，父亲的肝出了点问题，来青北看病，怕他担心，才不想告诉他。

亿林再也忍不住，红了眼：“妈，你们这样，我怎么放心！”

“亿林啊，你爸应该没啥大事儿，就来做做检查，治疗一下。”

他身心俱疲，坐在沙发上，很久才把脸从掌心挪出来：“我们现在去医院！”

不管母亲怎么说，他坚持要去，恐惧占据全身，倘若父亲有一丝一毫的问题，他恐怕都不会原谅自己。好在这天他是开了公司的车回来的，一路载着母亲去了医院。到了医院楼下，亿林才惊觉，这家医院，正巧是菲菲工作的地方。

父亲倒是没什么大问题，肝炎，老毛病了，但还需要住院观察，医院病房紧张，很难安排床位。亿林安抚好父母，站在医院走廊上，拿出手机，盯着手机出神。窗外的月色淌进走廊，晚风吹来，他在盛夏的夜晚，打了个寒噤。手机在手里，成了烫手山芋，他摁下一串烂熟于心的号码，却迟迟拨不出那个号码。号码的主人，是菲菲。

“亿林？”

他吓了一跳，拇指一抖，竟直接将电话拨了出去。回过头来，

亿林身心俱疲，准备带父亲去医院检查。

熟悉的铃声在身后不远处响起，一头长发干脆利落地绑起，身穿白大褂，菲菲的身影生生撞进他视线。他挪不开眼了。

一条长走廊，两个人，一台正在拨号的手机，一通等待接听的电话……昔日恋人，再次相逢，没有想象中的惊心动魄，只是两两相望，相顾无言。

菲菲关掉铃声，快步走过来：“真的是你？你怎么在这儿？人不舒服？”

得知菲菲将要结婚的消息，亿林心里满是两人一起在小面馆吃饭的温馨画面。

应该要开心吗，她还在乎他。亿林却笑不出来，勉强挤了个笑容，也都是苦涩。就这么被她撞见，他只能硬着头皮，让她帮忙看看能不能为他父亲安排一个床位。菲菲当然不会拒绝，正好她到了下班点，替他们一通张罗，总算给父亲解决了住院问题。

“去楼下坐坐吧？”她手插在口袋里，脱掉白大褂，又成了那个稚气未脱的女大学生。

他机械地点头，跟着她一步一步走着。菲菲买了两罐饮料，塞一罐到他手里，是他喜欢的口味：“我问过了，叔叔是肝炎复发，目前没什么问题，你放心好了。”

他习惯性替她打开饮料，再开自己的，月光下，两人的影子很近，像挨在一起似的，但彼此的距离已经这样远了。菲菲用手肘撞了他一下：“傻啦？最近过得怎么样，我听说你接了大项目，赚了钱怎么还不开心？”

他目光凝在地面：“对不起……还有，谢谢，今天多亏你。”

“咱们俩说这就生分了。”菲菲还是那样，满面笑容，似乎分手那天伤心的模样，只是他臆想出来的桥段，“你也真是的，来医院了，还不给我打电话，要不是我叫你，是不是那通电话压根不会打？”

是的。他不敢打扰她的生活，不敢多看她的眼睛，怕自己后悔，更怕自己不要脸地哀求她回头，明明当初那么决绝。

“你……”他还没开口，就见她伸手从包里掏出了一个红色信封，在深蓝色的冰凉夜色里，那封红艳艳的请柬，夺目璀璨，烧着他的眼灼灼的疼。

她笑着塞进他手里：“我要结婚了！本来想送去给你的，现在正好，不用多跑一趟了！”

菲菲介绍她的未婚夫，也是医院的医生，温柔体贴，对她真心实意。他攥着那张请柬，注视着她幸福的神情，想开口说一句祝福，可嗓子像是被沙子磨了，哑到一个音节也发不出。

菲菲还说：“亿林，别给自己那么大压力。我知道你一直很努力，想要出人头地，想要让所有人都过上好日子。但那是你想给的，你忘了问问别人，她究竟想不想要。”

最后，菲菲站起来和他告别，说未婚夫来接她了。他站在原地，眼看她离自己越来越远，再也追不回了。

安顿好父母，亿林失魂落魄地开车回家。那家小面馆，竟还开着。亿林麻木地停车，走进店里，要了一碗牛肉面，特辣。脑子里满满都是菲菲的话，那封请柬，还在车上放着。他盯着前面空空如也的座位，忍不住闭上了眼。

手机响起来，他甩了甩头，接起了电话：“李总。”

李总劈头盖脸又是一顿臭骂，说他的图纸不行，方案又被甲方退回了，让他明天一早赶去公司。亿林心乱如麻，嘴里却不得不接下这些骂声："好好好，您说，我记一下。好的好的，我们明天见。"

老板把那牛肉面搁在他跟前，他挂了电话，还没吃两口，手机又响了，是一个他不认识的号码："我说，你怎么停车的？把我车都给堵了！快来挪！"

亿林又是一个劲儿地道歉。挂电话的时候，他都有点恍惚，好像今天他什么事也没干，光给人道歉了。他匆匆赶去挪车，终于停好车，人还没走出几步，就睁大了眼。刚刚那车主，把他这车的尾灯给别了。红色的尾灯罩子，吧嗒一下掉在地上，微微摇着。盯着那碎掉的车灯，亿林出神了半晌，他想起了那张请柬，也是鲜红的，刺目的，狠狠地剜他的心。

这辆车是公司的。什么叫屋漏偏逢连夜雨，倒霉的时候喝凉水都塞牙，可能这就是了。

行尸走肉般回到面馆，桌上除了他的小笔记本，空空如也，才吃两口的面，也没了。老板在那擦桌子，看到他："我以为你不回来了，面凉了，我给倒了。"

反正倒霉了一整天，也不差这一件事儿了，亿林努力笑笑，粉饰太平道："没事儿。"

他收拾了本子和包，正准备走，老板却喊住他："别走啊，给你重下了一碗。"

人这一生，不就是图个吃饱穿暖，
全家平安吗？

亿林被他拉着坐下，老板压低了声音，瞥了后厨一眼，偷偷说：“还给你加了个煎蛋。”

手里拿着筷子，看着老板怕老婆的模样，他不知怎么的，心情好了许多。陌生人的温情，治愈了他今天整日的疲惫。亿林有模有样地用气声回答：“谢谢。”

“事情是忙不完的，钱也是赚不完的，饭还是要吃！”老板拍拍他肩膀，“人这一生啊，不就是图个吃饱穿暖，全家平安吗？”

是啊，他竟错了这么些年。

“我说，你偷偷摸摸地给小伙子加煎蛋是吧？”老板娘的大嗓门，震得两个人一哆嗦，她手里拿着一盘牛肉，哐一下甩在桌上，“小伙子，这是今天剩的牛肉，送你了，吃吧！瞧你瘦的。”

说罢，她揪着自己老公：“你那啥样子？啊？整得我多小气一样！”

老板和老板娘，夫妻二人的日常拌嘴再次拉开序幕。亿林突然笑了，这是他今天的第一个笑容，发自内心的。每个异乡游子，可能都很容易被这些突如其来的善意感动，不需要什么惊天动地的大事，一颗煎蛋，一盘牛肉，都足以熨平那颗伤痕累累的心。

不久，亿林辞去了工作，准备带着父母回老家做生意。回老家那天，恰逢菲菲的婚礼。出发前，他身着西装，手握请柬，昂首阔步，踏进了酒店。

新娘在迎宾台忙着和宾客合影，她的花童忽然出现，往她手里塞了一个红包，还有一个包装精致的方盒子。那个红包厚度惊人，菲菲疑惑地打开了礼物盒，里面是一大盒巧克力，上面是熟悉的英文。她急忙抬头，在人群中寻找，却一无所获。

她想起许多许多往事，拿出一颗巧克力，塞进嘴里。今天的巧克力特别甜。

我不曾年少有为，仍旧被你选择，是我此生幸运。只是那时的我们太过年轻，不知相爱看似很难，也很简单。你想要的，从来就不是权贵加身，而是困难中，我仍旧紧握你的手。

可惜，我到现在才懂得。

11 黑暗落幕，你是我的救赎

我的中学附近有一座寺庙，香火很旺。每次从庙门前经过，我都能看到络绎不绝的香客。

后来城市历经改造，高楼大厦拔地而起，日新月异。学校旁边那座小小的寺庙竟也开始扩建，一下子变得气派起来。然而让我意外的是，改建之后的寺庙变得冷清了许多，那些曾经拥挤在庙门口的香客不知了去向。

多年以后，一次机缘巧合，我走进了那座寺庙。里面的一切好似熟悉，却也陌生。熟悉的是过去的大殿依然保留着，而陌生的是，整座寺庙竟然几乎见不到一位前来拜佛的人。就在我准备离开寺庙的时候，一抬头，突然发现寺庙山门背面赫然写着几个大字："心中有佛，莫向外求，来此作甚。"那一瞬间，我心里的疑惑终于解开了。

也许人们求佛，更多的只是一种心灵寄托，当生活遭遇不顺，真正能够救赎我们的，只有我们自己。

——亿林

三

是哪一刻觉得钱很重要呢？

是大学毕业，留在大城市，却发现打工大半年，孑然一身，兜比脸干净的瞬间？还是看到父母苍苍白发，却仍旧要为你支付学费、生活费的瞬间？抑或是，身边的伴侣明明看中了一件美丽光鲜的衣服，却怕你无力支付，装作不喜欢扭头就走的瞬间？

人这一辈子，始终离不开钱财二字。你或许可以大言不惭地说，你不在乎钱。但事实上，没有人可以和钱划清界限。衣食住行要钱，娶妻生子要钱，相亲对象也会挑肥拣瘦，考虑你家几套房产、几个兄弟姐妹、银行账目上有几个零。在金钱面前，谁又比谁更清高呢？

我们常常讨论面包和爱情孰轻孰重，真正能抛开面包，拥抱爱情的人，世上又有几人。

姑娘嫁给你，是图着和你一起幸福地过一辈子的。吃饱穿暖，片瓦遮顶，不求大富大贵，好歹能平安幸福。

亿林出生在农村，那是一个可能说出来，大家连名字都未曾听说过的小村庄。这个村子时至今日还是国家帮扶的重点对象，山路难走，交通不便，导致农作物卖不出去。里面的人出不来，外头的人进不去，整个村子的经济状况堪忧。从小，父母就告诉他，一定要好好读书，去大城市过好日子。

什么是大城市，什么是好日子，年幼的亿林完全没有头绪。他只知道，村子里的年轻人越来越少，有的男孩子因为生活所迫去了山的另一边打工，有的铤而走险选择了冒险的路，从此生死不知，杳无音讯。女孩子平庸些的，就早早地嫁人。就连他的亲姐姐，也是十八岁就嫁给了隔壁村的富裕人家，拿着那五万块的礼金，交给了他爹妈。

姐姐喜不喜欢她的富户丈夫，十岁的亿林看不出来。他只记得阿姐出嫁前夜，拉着他的手，摸了摸他的头，说："亿林啊，姐姐嫁人以后，这个家就只剩下你一个儿子了。你要用那五万块钱，好好读书，一定一定要替姐姐去看看外面大城市的样子。"

隔壁和姐姐向来要好的阿陈哥在他家房子墙下，哭了一夜。嫁人不是应该开心的事情吗？为什么要哭呢？姐姐红着眼，透过窗户看了一眼墙角下的少年郎，下了大决心似的，回过头来对他说："去了大城市，你要找个自己喜欢的女孩子，给她好生活，照顾她一辈子。能不能做到？"

亿林迟疑地点头。他始终没能忘记，阿姐猝不及防扭头时，眼角滚下的那滴泪，滚烫地，烙进他胸膛。幸好，他也没辜负阿姐的期待，千难万难地考上了省会青北的大学。

临行前，父母拿着三根紫红色的线香交给他，叫他在佛像前跪拜叩首，求一个前程似锦，锦绣年华。逼仄的土房内，小小的佛像庄严肃穆，侧边的两根红烛火光摇曳，少年人手握三根香，凝望着佛像，叩了三个响头。

求佛祖保佑，家宅平安，父母康健。

求佛祖保佑，生儿育女的阿姐，一切安好，生活无忧。

求佛祖保佑，他此去能发大财，再也不用让家人受这苦楚，从此做个人上人。

佛祖听见了吗？他想，也许听见了吧。

火光里的佛祖慈眉善目，满眼怜爱。他希望佛祖原谅他的祈求现实又市侩，毕竟人先得活着，才能慷慨以歌。

虽说世人大多眼孔浅显，只见皮相，不识骨相，但是校园内的男孩女孩们，大多还是天真无邪的。他们抱着真挚的感情，与无瑕的心，互相吸引互相靠近。

亿林本想，他一个领着助学补助的穷学生，只有几件 T 恤轮流换的土包子，不会有女生喜欢他。他自己也觉得不必耽误人家女孩儿的大好青春。说好听点儿，他成绩优异，是匹黑马，可谁晓得这匹黑马会不会在半路折戟沉沙。

撇开物质谈爱情，

这种事可能也只有在学生时代会出现了。

撇开物质谈爱这种事儿，可能也只有在学生时代会出现了。年轻人不知世事多艰，明知前方是刀山火海，也心甘情愿纵身一跃。兴许会是一段好景良缘，但更多的时候，是头破血流，重伤难返。人们歌颂真爱，却永不会百分百相信爱情。爱过知情重，醉过知酒浓，败给现实的爱情，比遭遇背叛还要来得叫人唏嘘扼腕。

我喜欢你，但我也只能到喜欢为止了。多可惜啊。

后来亿林想，上天总算待他不薄。叫他灰暗了二十年的人生，敲开了一条缝，看见了光明。这道光有属于它自己的名字和轮廓——菲菲。

菲菲是他在做奶茶店兼职时遇到的女孩儿，染着一头栗色的及肩短发，站在他跟前。两人隔着吧台，你看看我，我看看你。菲菲笑起来，说："小哥，给我一杯芋圆奶茶，芋圆多一点。"

"几分糖，要冰的吗？"

她想了想，鼓鼓嘴道："三分糖吧，我要减肥，冰的！"

鬼使神差地，亿林开口回应她："同学你已经很瘦了，不需要减肥。"

饶是菲菲是社交达人，也不免错愕，她没想到平时惜字如金的奶茶小哥，竟这么会说话，讨人喜欢，一本正经地说着让女孩子无比开心的话。

“好，听你的，七分糖。”菲菲露出一排洁白的牙齿，回赠一个微笑给他。

亿林这时候才反应过来自己说了什么，脸色大红，滚烫的热度一路烧过脸颊，耳朵，烧进脖子，烧进他荒草丛生的心。她无瑕的笑容，在他心上点着了大火，像一轮暖阳，熨烫着他的荒凉。但他心里有数，菲菲看着就是有钱人家的孩子，他配不上这朵娇艳的玫瑰。

命运的齿轮不停向前，不会倒转。一次相遇并不能造就传奇，上苍却在暗中牵好了红线，让两个毫不相关的陌生人，频频相遇。很难解释那些不期而遇的巧合，究竟是佛祖有意，还是菩萨有情。走在人生的无数个分岔路口，我们离散，相遇，有缘人终究会走到一起。

一个午后，亿林拿着超市买的泡面，往宿舍走。迎面走来几个少女，哈哈大笑着，热情洋溢，比冬日的暖阳更引人注目。他抬头的瞬间，看到了一张熟悉的脸。那头栗色的头发似乎长长了一些。

菲菲也发现他，侧头和同伴们说了几句话，向他跑来，说：“是你啊，奶茶小哥。”

亿林手里拿着馒头和泡面，恨不能背到身后去。哪怕于事无补，也不愿叫心上人看见局促不堪的自己。想要在喜欢的人面前，展露最好的自己，遮掩掉那些狼狈，也许是每个人都会做的事情。

菲菲不顾家里反对，坚持毕业就和亿林结婚。
在无数的争吵中，她几乎和父母断绝了关系。

菲菲当然看见了他手里过于简单的午餐。她琥珀色的大眼睛转了一圈，笑起来："你还没吃饭对吧？正好，我想去校门口吃麻辣烫，室友都嫌远，你陪我去吧。我请你吃饭！"

知道自己不该答应，但亿林身体先过大脑，率先做出了回应，他听到自己说："好。"

两个人的缘分，就从这一杯奶茶和一碗二十块钱的麻辣烫开始了。菲菲如飞蛾扑火般，不管不顾地喜欢上了他这个一贫如洗，家徒四壁的穷学生。他告知了一切，她仍旧坚持靠近，没有人可以拒绝一轮暖阳。

以为自己可以无坚不摧，亿林却在菲菲的步步紧逼下，节节败退。他无法说服自己不去握住这朵为他折去所有利刺的小玫瑰。于是，大雪冰封的荒野上，白雪皑皑的冻土内，开出了一朵鲜红的花。在一起的那天，他暗暗发誓——他一定要一辈子把这个女孩儿，捧在掌间。

后来菲菲不顾家里反对，坚持毕业就和他结婚。在无数的争吵中，她几乎和父母断绝了关系，

菲菲的父母气到甚至不愿意让两人同时进家门。她不想亿林难堪，索性自己家也不怎么回了。可是亿林清楚，菲菲很难过。

她的心上人，不被自己最爱的父母喜欢，是多么为难的一件事。夜里，菲菲红着眼睛抱住他说："你这么好，他们为什么不喜欢你？"

他其实很理解菲菲爸妈的气愤，换做是他，他也不乐意女儿嫁给这样一个一无所有，看不见未来的男人。

“菲菲，你会不会后悔？”

她退开一些，盯着他说：“说什么呢？我什么时候后悔过？从未，绝不！”

菲菲斩钉截铁的模样，像个骄傲的公主。亿林摸了摸她的头，心想，他要更努力赚钱，让他的菲菲，做一辈子的小公主。

拼着一口气，心里带着一定要让爱人过上好日子的信念，亿林拿着自己前三年赚的第一桶金，开始了他的创业生涯。做生意的人难免迷信，他想起自己老家，那老房子里，自己郑重叩下的三个响头，还有烟熏火燎里佛祖的微笑，于是便和菲菲说，想和她一起去青北有名的亭林寺烧香。

这已经是他们结婚的第六个年头，年近三十的亿林，不仅有了妻子，还有了一个三岁的儿子。菲菲此前不知道亿林竟然信佛。她错愕地看他问：“你以前都不信这些的啊？”

他笑笑说：“信，怎么不信。我上大学之前，向佛祖许愿，后来才遇见了你。”

菲菲父母不信佛，她自己更是无神论者。

她本不想去，无奈亿林坚持，跟着他爬过三百九十六个青石台阶，手脚并用地终于到了山顶。

他们本来可以坐车上山，但亿林说爬山比较有诚意。菲菲爬到山顶，气喘吁吁地就差跪在亭林寺门前，她撑着膝盖，半赌气道：“我命由我不由天，闫亿林，你自己想拜，别拉上我啊！”

他好笑地看她，搀着她一路走进香火鼎盛的亭林寺。

寺内人头攒动，香客络绎不绝，到处都是香油和线香的气味，混着檀香，白色的烟雾里，菲菲被熏得直流眼泪。亿林拉着菲菲走进大雄宝殿，郑重其事地跪在早有两道深痕的蒲团上，双手合十，闭眼嘴里念念有词。菲菲拿着水站在他旁边，看他一脸虔诚，不解地喝了一大口水。亿林再次叩过三个头，抬眼看向宝相庄严的释迦牟尼像，和自家那尊佛像，似像非像。不同的眉眼，同样的神情，悲悯又慈悲。

菲菲不信佛，他们走到外头，她扭头看了一眼大殿内同样虔诚的人们，不解道：“那么多人求神拜佛，愿望那么多，佛祖听得过来吗？我看呐，你有那钱买香拜佛，不如给我多买一瓶水。佛祖要是真能保佑所有人，那这世上的人早都发财了，还有什么人间疾苦？”

亿林不赞同地皱眉：“呸呸呸，佛门重地，别胡说。”

她做了个鬼脸，吐了吐舌头：“欧！”

从那之后，亿林的生意真是好了起来。倒也不是说佛祖保佑，主要是他真的努力，忙起来没日没夜，不要命似的。菲菲有时候都担心他身体出毛病，每次和他说，让他别那么拼命，他都摇着头：

“我不要紧，要赚钱啊，带你和儿子住大房子。”

她又是欣慰，又是无奈，其实他有这个心就很好了，哪里就真的要求他大富大贵呢。

上进心应该是很多人考量爱人的重要标准。你可以没有滔天权势，也可以没有家财万贯，但是没有上进心却是万万不能的。和喜欢躺平，没有上进心的人过一辈子，是何等可怕的事情。日子一眼

亿林信誓旦旦地说要努力工作，早日让菲菲住上大房子。

不知是不是巧合，自从去过庙里，
亿林的生意真的好了起来。

望得到头，日复一日，年复一年，所有人都在前进，只有你们原地踏步。这样的日子，相信没有一个人可以忍受，不论是男人，还是女人。但菲菲总觉得亿林太有上进心了，他走得太快，步子迈得太大，她总担心有一天，他会误入歧途。

随着时间的推移，亿林变得越来越忙。他们俩结婚竟然已经十年了，他们结婚纪念日将近，往年亿林都会问她，想怎么庆祝，去哪里过。而今年他竟然忙得几乎顾不上庆祝十周年。菲菲看着他整天戴着从亭林寺求来的檀木手串，早出晚归，突然慌乱起来。她想开口劝劝他，却不知该怎么开口。

最近亿林似乎在忙一个招标项目，经常请人吃饭应酬，他甚至都没有一个完整的时间，可以和菲菲好好聊聊。他嘴里总是挂着"等过了这段时间，咱们就真的有钱了"，菲菲更慌了。亿林生意上的事情，从来没有和她细讲过。她打电话给他的好友老猫，希望老猫告诉她一些内情，可惜老猫也是一知半解。终于，所有的恐惧慌乱，等来了一个结果。

那天是他们结婚周年纪念日，她特意把孩子放在了自己父母家，等着他过二人世界。

"开门!!!"大门外传来猛烈的砸门声。

菲菲隔着猫眼看到外头，一群凶神恶煞的彪形大汉，气势汹汹地喊道："开门！！不开门，我砸门了！"

亿林被一群人从后面架着压在门上，她吓得赶快开门：“你们干什么！”

“干什么？你老公借了我们五百万，说今天就能连本带利还给我们，结果呢，一分钱都没有了！”

为首得那个脸上带着刀疤，一脸横肉，说：“你是他老婆，是吧？正好，你老公欠的，你来还！”

简直不敢相信自己听到了什么，她一脸震惊地看着狼狈的亿林，质问：“你借高利贷了？”

“别说那么难听，什么高利贷？”刀疤脸抓着亿林后脖颈，“欠债还钱，天经地义，不然我就闹到你们公司去，你们一天不还钱，你那公司就一天别想正常营业。”

菲菲活了三十二年，没见过这阵仗，催债的催到自家门前。天塌下来，正好砸中了他们这个小家。

她勉强镇定下来，说：“那我现在一下子去哪里给你弄这五百万？还钱也需要时间的。你们这样，就算逼死我们，也拿不到钱，还得进局子，不是更划不来吗？”

刀疤脸当然是希望他们还钱，人财两空这种蠢事，他们才不会干。

“你老婆倒是有种！”他拍了拍亿林肩膀，说，“行，我给你们时间，抓紧。但你们敢跑的话，给我等着！”

暴风雨后的宁静，也不比暴风雨前的好多少。一桌子的饭菜全冷了，两人坐在沙发上，沉默了不知多久。

亿林领带被扯乱了，原本笔挺的西装布满褶皱，满眼通红："老婆……"

"你不要叫我。"菲菲张口只说得出这一句，她早该劝他的，这些日子他的不对劲，她明明看在眼里，却没说出口。

她努力平复自己的呼吸，五百万，五百万啊，叫他们怎么还？

"对不起，我……我就是想让你们过上好日子。"亿林没有看过菲菲这样的神情，她看着他，像看着一个陌生人。亿林说："对不起，对不起……我以为招标会成功的……我们上当了……钱全被卷走了……是我不好，你骂我吧，你别不说话。"

菲菲甚至连眼泪都流不出："我早就和你说过，不要急着赚钱，日子很长，钱是赚不完的。你眼里只有挣钱，不给自己留退路，那现在怎么办？我和孩子怎么办？五百万，把这套房子卖了都不够！"

亿林绝望地看她，想起十多年前，他自己发过的誓言，他要带自己爸妈和菲菲过好日子。可他却让她失望了。他最怕的，就是看到她失望的眼。把脸埋在手掌里，他重新抬头，哑着嗓子说："我们离婚吧。剩下的事情我来解决，你带孩子……回家去。别

生意被骗，欠下巨额外债，亿林万念俱灰。

管了。”

“你说什么？”

亿林机械地重复：“我们离婚。”

她浑身都在抖，她不明白，好好的纪念日，怎么过成了这样。

菲菲站起来吼道：“闫亿林！你有没有心？你还记不记得，今天是我们结婚十周年纪念日？”

她迅速收拾了行李箱，走出了大门。电梯来的瞬间，她回头看了一眼仍旧坐在沙发的亿林……他痛苦地闭着眼，一把拽断了手里的檀木佛珠。深紫色的珠子，四散滚了一地。菲菲终于落下泪来，为他们这风雨飘摇中，穷途末路的家……

日子总是要过，亿林一边联系房产中介紧急卖房，一边想方设法找工作。而公司早就解散了，一切都完了。

深夜里，他坐在空荡荡的房子内，看着窗台，都想往下跳。那黑漆漆的夜色似乎有魔力，引他前去，纵身一跃，一了百了。手机恰好响起来，他一愣，惊觉自己竟走到了窗台边上，吓了一身冷汗。

老猫的声音从听筒那边传来：“我说兄弟，我这边凑了三十万，你先拿着救急，这是我自己的钱，和我媳妇儿没关系，你用着，以后再还。”

他很想说不用，但现实由不得他，哑然道：“多谢了，兄弟。”

老猫在电话那头宽慰他。得亏是老猫这电话，不然此刻的他……亿林看着窗台下的漆黑一片，做了个深呼吸。还来得及，先渡过眼前难关再说。只要活着，一切就还有希望。

老猫似乎也是担心他心态不好，每天给他打电话，知道他近日因为名声一落千丈，找工作四处碰壁，和他建议道——实在不行去开网约车，这会儿还挑什么工作不成？

亿林一想，觉得这方法可行，立马着手开始准备工作。好在车还没有卖，他和平台签订了合同，准备开工的前一个晚上，主动去找了老猫。

“我明天去跑车了，唉，十来年兄弟，我就不说谢了。”他喝下一口啤酒，说，“要不是你，那天我可能已经从楼上跳下去了。”

老猫犹豫了一下：“老闫，我想了想还是要和你说，其实那三十万，是菲菲托我给你的。她知道我会联系你，所以拜托我每天和你聊聊天，怕你想不开。”

“吧嗒”，亿林一把将手中的啤酒罐捏扁了。

菲菲，他已经很久不敢想起她和孩子了，更不敢去打扰她们。他在家里的时候，一直在等着菲菲通知他去民政局离婚，就像一个死刑犯，在等着最后那一下的痛快。利刃高悬，他把执刑刀放到了爱人手里，连同他一辈子的幸福快乐，还有他的命。

最终，她成了他的救赎。

“三十万应该是她自己的钱，加上向父母借了一些，怕自己给你，你不会收，就托我转了一手。”

深夜的大排档，总是发生着各色的故事。亿林终于痛哭失声，在推杯换盏，杯酒碰撞的玻璃脆响间，他哭得不能自已。

菲菲，他最好的菲菲。

翌日，亿林坐上自己的车，绑好安全带，车还没开出小区，就看到菲菲站在地库门口，静静地看着他。他愣住，开了车门，她极其自然地上了车，就像一切都没有发生过那样。

“你……怎么来了？”

她给他递了一瓶水，白了他一眼：“我不能来？”

“你呀，平时就粗心，现在开车了，可要小心一点，不要和乘客吵架，听到了吗？”她嘴里碎碎念，交代注意事项，交代交通安全。

从包里拿出一个锦囊一样红黄色的袋子，小心翼翼地系在了倒视镜后方，菲菲妥帖地拍拍：“终于绑好了，这样我就安心了。”

仍旧在摇晃的是一个小小的平安符，上面有“亭林”二字，是她特意去亭林寺求的。

“你不是……不信吗？”

菲菲很浅地笑了一下："怎么，你那什么表情？还嫌弃不好看？"

嗓子堵得厉害，亿林哽咽道："老婆……"

"好了好了，别装可怜！瞧你那样，大惊小怪！"她下了车，朝他挥手，"晚上回我爸妈那边吃饭，孩子一直喊着要见你，路上注意安全。"

后视镜里的菲菲身影越来越小，炽热的眼泪流下来，亿林盯着平安符，露出了这么些日子以来的第一个笑容。不论他走出多远，菲菲都始终站在他身后的原地，等待他回家。有她的地方，就是归处。

亿林并不知道，亭林寺三百九十六个台阶，那天菲菲来回整整爬了三趟，才进得寺内。她浑身虚软地走进大雄宝殿，几乎是虚脱地跪拜在佛祖前，望着佛祖，向佛祖许愿。

她屈膝伏腰，每一叩首，都是真心。爬了三趟台阶，她的诚意佛祖应该能够看见。和佛祖两两相望，她满目虔诚。终于看懂了佛陀眼中的悲悯。

佛曰："人生有八苦，生、老、病、死、爱离别、怨长久、求不得、放不下。"

轮回六道，人世皆苦，佛赐予信仰和力量，然后人们凭此自救。其实未曾行至绝路，谁又曾真正相信诸天神佛呢？佛祖慈悲，怜悯世人，却始终难以普度众生。否则，哪里来的那么多生离死别，爱恨嗔痴？或许人活一辈子，本就是来经历苦难坎坷，满路荆棘的。

身陷黑暗沼泽时，谁又会成为你的救世之人。

最终，她成了他的救赎。

12 感谢你握紧我的手

以前我家旁边住着一户人家，那家的男人和朋友搞一点小生意，他太太的工作我并不知道，两人都是从外地来到这座城市打拼，隔着一道墙，我经常能够听到他们的争吵。有一次，我听到那家里的女人扯着嗓子喊了一句："你说我这过的什么日子？连喝一罐可乐都要舍不得。现在我又怀孕了，咱们这日子怎么过？"而她这句话换来的却是男人的沉默。

我想，穷苦的日子很多人都曾有过，但争吵显然不是解决问题的最优办法。我曾想，假如这般不如意的生活发生在我和菲菲身上，又会是怎样的一种情况呢？

——亿林

三

年轻时，人们总以为自己一身是胆，只要努力付出就会得到回报。奋斗一些时日，就能过上自己想要的日子。纵然当下的自己深陷窘境，也总会有柳暗花明的一天。但事实却是起落落落……分明还没过三十岁的生日，仿佛已经看到了人生尽头那无尽寥落的自我。

梦想中的生活、恋人、理想，都会随着接踵而至的打击，化为泡影。一朵美丽的浪花漂洋过海，远道而来，妄图达到彼岸，结果撞上了礁石。浪花碎了，梦也碎了。

闫亿林和陶菲菲结婚四年了。他们是高中同学，从认识到如今已经过了十一个年头。那年小镇里考到大城市的大学生只有他们两个，山区的教学比不上城市，他们只能相互激励着铆足了劲儿读书，想要为自己、为彼此拼一个锦绣前程。

家里老人都说，高考是他们山区孩子人生里唯一一次能够翻身的机会。多年后，很多个寂静无人的深夜里，亿林都在想，他们真的翻身了吗？

闫亿林还记得他在没有空调的破败教室里低头看书，而抬头就可以看见菲菲坐在对面写作业。一个不施脂粉的女孩子，扎着一头乌黑的半长头发，抬头看着他笑了笑，便从课桌底下掏出两罐可乐，“啪嗒”一下打开，递给他说：“快喝，还冰着呢。”

可乐还带着水珠，握在掌心里冰冰凉凉的。他喝了一口，菲菲问道：“好喝吗？”

亿林傻笑着回答：“好喝。”

那似乎就是他喝过的最好喝的饮料，是那个炎热夏季里吹过的一阵清凉的风。那时候的闫亿林就曾想象，以后自己一定要赚很多很多的钱，娶这个女孩子回家。但是后来，他的梦想只实现了一半，他果真娶到了菲菲，可是他们过得很是拮据。

大学毕业以后，他们选择留在大学所在的城市打拼。亿林是非名校市场营销专业毕业，在投递简历时屡屡受挫。为了交房租，闫亿林选择了最快入行的职业——房屋中介。而菲菲有个同班男同学是个很有想法的富二代，邀请她一起做自媒体工作创业，她欣然答应。

于是两人就这么在城市扎根下来。

老家里的人普遍认为结婚应该早一点，所以双方父母在他们刚刚毕业的时候就一直催促两人赶快结婚，两个年轻人就这样匆匆领了结婚证，回老家办了简单的酒席，成了合法夫妻。

中国人终究是有落地生根的情节的，对“家”的定义也比其他地方的人更加深刻。亿林不想两人结婚之后还在租房，于是双方的父母只好拿出了他们半生的积蓄，又找亲戚又借了些钱，凑在一起，勉勉强强在城市郊区为他们付了一套六十平方米两室一厅房子的首付。这样已经是他们为人父母们能够为孩子做到的极限了。剩下的事情，只能全靠他们两人自己。

可能连亿林自己也不曾想到，买了房子，这才是他们糟糕生活的开始。两个人还没过上滋润的小日子，就当起了房奴。

本应工作的时间，亿林坐在小区楼下的长椅上，看着手机短信里的还款通知，重重叹了口气。

他把脸埋在手掌里，耳边传来孩子们在草坪上嬉戏撒欢的欢声笑语，更添伤感。每个月的还款压力像座山一样压在他身上，此刻若从远处看过来，大概只能看到一个男人弯曲的脊梁，与无法抬起的头。

亿林想起一个月前的某一天，菲菲坐在沙发上啃着李子，眼睛亮亮地看着正在打扫卫生的他说：“我想和你说个事儿。”

她很少这样郑重其事地和他说话，亿林停下手里动作：“嗯？什么事儿？”

“我怀孕了。”

亿林没有说话，只是瞪大了眼睛。

“我怀孕了！”她以为他高兴傻了，大声重复了一遍，目光停

自从买了房子，
每个月的还贷压力像座山一样压在亿林身上。

留在他的脸上，试图从他脸上找到自己所期待的惊喜和喜悦。

亿林当然不能让她看出自己的茫然。菲菲因为长期加班，身体一直不大好，结婚四年终于怀上孩子，理应和她一起高兴才对。他机械地扯起嘴角，拼尽全力才挤出了一个笑容来：“我要当爸爸了？”

菲菲仍旧像当初那个高中时代的女孩儿一样单纯，站起来搂住他脖子道：“是呀！医生说都快两个月了，但是可能最近需要在家静养一段时间……”

此刻的菲菲尚不知道，装在亿林口袋里的手机上，还躺着老板发给他的最后一条信息：“小闫，什么时候来公司把你的东西整理一下，办理一下离职手续。”

最近一段时间，因为金融危机，房地产市场的效益奇差。亿林两个月来只做成了几个租房的客户，卖房的合同一个也没拿下。如今公司要把他裁掉，虽然不太讲情面，却也在情理之中。他想对老板说些什么，一段话删了改，改了又删，终于只回了老板一个“好”字。

这可怎么办呢？老婆怀孕不能上班，自己失业，这个家彻底断了经济来源，眼看已经入不敷出了。本来想开口和菲菲坦白自己被辞退的事情，但话到了嘴边又咽回了肚子里，他根本开不了这个口。给刚刚怀孕的妻子施加压力，那压根儿不是亿林这样的男人能干得出来的事情。

他抱着菲菲，拍着她单薄的背，喃喃道："我要做爸爸了啊。"

菲菲的语气里当然有着掩饰不住的兴奋："不仅你要做爸爸了，我也要做妈妈了。你说，我们的孩子会像你多一些，还是像我多一些？"

可惜亿林现在根本没心情考虑孩子会像谁多一些，他只想要他们两个人银行卡上的数字能变多一些。

从那天开始，菲菲就停下了她手上所有的工作，专心在家休养身体。而亿林却开始失眠，整夜整夜地睡不着觉。他转头看着老婆的睡颜，心里满是愧疚，要怎么和她说这些事呢？公司里拿回来的东西他也不敢往家里带，怕菲菲起疑心，只好暂时放在同事家里。

小海是平日里和他关系最好的同事，被公司辞退后，亿林便把自己的一箱子东西交给了他。小海接过东西，叹了口气说："哥，你这情况，打算怎么和嫂子说啊？"

"唉，你又不是不知道我家里现在是什么状况，我怎么敢和她说？"

小海递给他一个红包："现在行情不好，我也拿不出多的，这是两千块钱，你先救救急，别急着还我。"

锦上添花多，雪中送炭少。亿林这个快要三十岁的男人，握着小海递过来的红包，眼眶发热："谢了，兄弟。我一定还你。"

小海抱着亿林那一箱子的东西笑了笑说："见外了不是？给嫂

看着菲菲的睡颜，亿林心里满是愧疚。

子多买点儿好吃的，我还等着去看你的大胖小子呢！”

这是一个快节奏的时代，工作如此，生活亦如此。如今点外卖的人很多，需要的外卖员也就多了起来。如果不太挑剔，找到这样一份工作勉强糊口还是比较容易的。于是亿林一咬牙，狠下心来成了成千上万外卖骑手当中的一员。

亿林每天起早贪黑，瞒着菲菲，穿着原先房屋中介公司的衣服出门去，再找到家附近的公厕，在那里换上外卖服，开始奔赴一个又一个的小区和公司。骑在小小的电动车上，毒辣的阳光经常晒得他睁不开眼睛，他甚至分不清那顺着眼角淌下来的，到底是汗水还是泪水。

生活这看似平静的水面下，往往隐藏着巨大的漩涡，一副誓要将人拖入深渊的模样。顺风顺水之时一切皆好，真到山穷水尽之时，各种麻烦却接踵而至，叫人无法招架。而成年人的绝望，抑或压死骆驼的最后一根稻草，可能只是一件十分微小的事情。

有一次，亿林的一个外卖订单因为晚了几分钟送达而被客人投诉了，不管亿林怎么道歉，客人始终不肯退让。

“你们不就是送外卖的吗？怎么连这点儿事情都做不好？送个外卖都能迟到！”

亿林站在客人豪华的家门口，低头道：“实在对不住……”

“我刚刚打你电话为什么不接？迟到就算了，你还不接电话？”

中年男客人指着他鼻子，说，“我就是要投诉你，看你这份工作还保不保得住！”

“刚刚我在骑电动车，下雨天，来不及接您电话……”

“砰！”

客人一把将门沉重地甩在了他的面前，亿林鼻尖和门板不过几厘米的距离。刘海上的雨水滴落下来，砸在光可鉴人的地板上，洇成了一摊水洼。

亿林把自己关进楼道里，窗外的雷声未至，闪电先到，一瞬间黑漆漆的楼道亮如白昼，很快又被黑暗淹没。楼梯间仅存的安全通道灯，映出一点绿色的光。他靠在光源处，默默蹲下身，抱紧了自己的膝盖，头一次放任了自己的软弱。

被雨水打过的脸如此冰冷，泪水因此显得更加滚烫与灼热。怎么才能摆脱眼前的困境，成了亿林反复思考的事情。要不是想到还有责任需要承担，他可能真的会从窗口一跃而下，一了百了。

很早以前，亿林看过一部名叫《这个杀手不太冷》的电影，电影里的小女孩马蒂尔达问：“人生总是这么苦吗？还是只有小时候这样？”

莱昂用他那平淡的声线回答：“总是这样。”

世间苦难良多，我们不过是芸芸众生里不愿倒下的那一个。更何况我们也不能倒下，因为身后还有所爱之人。所以迎着风雨，我们也要为心爱的人撑起一片天。

“铃——铃——”

菲菲的电话来得及时，打断了亿林泛滥成灾的情绪。她的声音软软糯糯：“亿林，你什么时候回家呀？我算着时间都把晚饭热了两遍了。”

亿林赶快把手机话筒摁住，他吸了吸鼻子，咳嗽两声，粉饰太平道：“这就回了，外头雨太大了。”

菲菲虽然单纯，但并不傻，她明显感觉亿林的声音不对劲：“你感冒了吗？怎么说话有鼻音了？”

“可能是有点，外头雨大。”

“那你赶快回来，我给你熬可乐姜茶。”

外面风大雨大，有你的地方就是家。

亿林轻轻回了句“好”，擦干了脸上的泪水，踏上了他的回家之路。不管怎么样，先熬过了今天再说。

生活可能就是由无数个巧合构成的。

日子过得飞快，转眼间，菲菲已经怀孕六个月了，她的肚子一天天大起来，甚至偶尔能感觉到孩子在里面蠢蠢欲动了。而亿林这段时间都起早贪黑，回到家也没有精神，只剩一身汗臭味。女人的直觉告诉她，亿林一定有什么事情瞒着自己。但他不肯说，她也不便问。

因为亿林太忙，菲菲也没有让他陪同自己去做产检。医院妇产科里到处都是成双成对的年轻夫妻，像她这样独自撑着肚子前来的孕妇少之又少。旁边的女孩子看见她，很热心地问道："小姐姐，你是一个人来的吗？老公怎么没有陪你来啊？"

她摸了摸肚子："我老公忙着赚钱养家，我没告诉他，自己偷偷来的。"

女孩儿捂嘴笑道："你们感情真好！"

医院里人来人往，机械叫号的声音此起彼伏，菲菲的手覆在肚子上，脸上含着一抹笑意，那是她和亿林的孩子，是他们生命的延续。

在医院门口和方才的女孩子道了别，菲菲正打算坐地铁回家，忽然听见身后传来熟悉万分的声音："您好，您的外卖到了，请到门口来取一下。"

她不会听错这个声音。回过头去，就在那个男人抬手擦汗的瞬间，她看清了他的脸——果然是亿林。

本想抬脚想走过去，可菲菲忽然发现这一步怎么也迈不出去，她不该让亿林知道自己发现了他的秘密。

等亿林骑车走了，她才从花坛边的树荫下走出来，拿出手机拨通了亿林同事小海的电话："小海啊。"

迫于生计，亿林瞒着菲菲做起了外卖员。

“嫂子！有什么事儿？您说。”

她犹豫了片刻：“我有个事情想问问你……”

亿林近来发现菲菲变了。她变得不再翻开字典，和他一起想孩子的名字，也不会打开淘宝，问他婴儿用品买哪些比较好。在家的时候，菲菲开始寡言少语起来。

“菲菲，你最近是不是情绪不好？”亿林洗了澡出来，坐在沙发上说，“如果不开心，你要告诉我。”

她随手拿遥控器给电视换台，回应道：“没有，我哪有什么心情不好的？”

“那你……”

“丁零——丁零——丁零——”

突然响起的手机铃声打断了亿林的话。菲菲好像怕他看见一样，迅速接起电话，径直走到阳台去接。但他已经看到了来电的名字——张浩辉。这是她那位大学同学兼公司上司的名字。

亿林看着菲菲的背影，下意识地捏紧了自己的拳头，一时间，无力感袭遍全身。

张浩辉曾经追求过菲菲，但是菲菲没有过任何动摇，开口回绝以后，那位同学也十分有风度地退到了朋友的位置上，成了她的挚友。

亿林曾和这位有理想的富二代同学打过照面，看得出他是个才华横溢且品格优良的年轻人。那个时候的亿林天心高气傲，他觉得自己并没有输给人家富二代什么，但是时至今日，面对山一样的贷款以及信用卡的还款信息，他忽然不这么觉得了。

如果当初菲菲选择了别人，可能现在会过得快乐很多吧。

承认自己的嫉妒很难，亿林抿着嘴，却不敢上前一步去问问菲菲是谁打来的电话，又为什么故意不让他听到对话的内容。不过即便菲菲想躲开他，这巴掌大的房子，其实也拦不住穿透的声音。

"我还挺好的。"

"唉，不用不用，我自己给孩子买好了。"

"好啊……什么时候大家聚一聚。"

"那我们再……见一面吧……"

亿林猛地喝下手边的水。就这样吧。他没有权力干涉菲菲的社交，更何况如今家里这个经济状况，他一直觉得自己直不起腰来。

时光有的时候很残忍，带走少年人的青春、血气，但有的时候，时光却又很平等，至少它做到了公平地让每个人步入中年，直到老年。我们或许不止一次地回想，如若回到当初，换一个方式去生活，如今的自己会过得如何？会遇见怎样的人，发生怎样的故

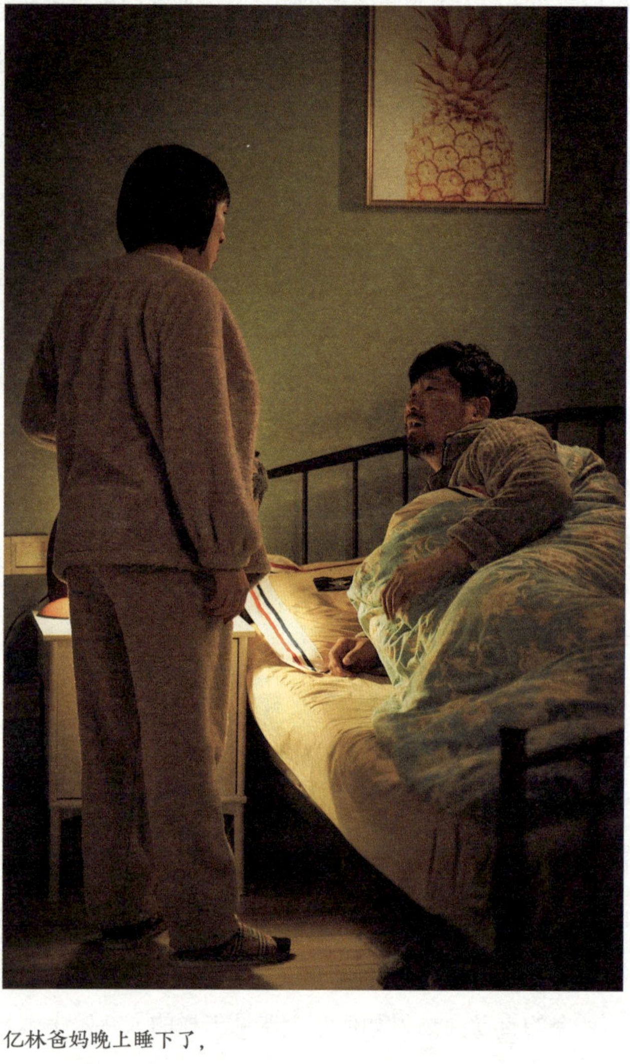

亿林爸妈晚上睡下了，
菲菲递给了亿林一张银行卡。

事，又会和谁共同书写未来的人生呢？

亿林控制不住地想，时至今日，菲菲有没有过一丝后悔。

家里老人一直说要来看看菲菲，于是挑了个周末，拎着一堆家乡特产来了他们所在的城市。父母早前听亿林说了自己工作上的事情，他们又是心疼儿子，又是担心儿媳。到家之后说什么都要带他们去超市购物一趟。

这时的菲菲恢复了一些精神，孕吐反应好了许多，人也活泼起来。超市里的人很多，有点儿像沙丁鱼罐头一样拥挤。亿林小心翼翼地护着菲菲，生怕她被人冲撞到。

亿林妈妈在前头挑排骨，菲菲转头看见了超市货架上的可乐在打折——六罐一打，只卖九块九。她拿起来对亿林说："老公，这可乐好便宜，我们买一打回去吧！"

亿林一时语塞，昨天刚还了房贷，手机余额里只剩了两块一毛六，别说一打了，他现在连一罐可乐都买不起。今天购物又是亿林妈妈结账，他不想在这样的年纪再多花父母的一分钱。于是生平第一次，他开口说道："老婆，我们真的没钱了……"

菲菲惊讶了片刻，便很快把可乐放回了架子上。她一言不发地往前走，低头看着自己脚尖。

亿林开口就后悔了。他忽然想起了八年前，教室里那个扎着马尾的女孩子分给他的那罐微凉的可乐。那时女孩子的眼睛里散发着光芒，却藏着对他的喜欢。而如今的他怎么可以……怎么可以这样的无能？

“菲菲！菲菲你听我说……”刚把菲菲拉住，亿林就看到了她通红的双眼。那眼睛里的光芒消失了，剩下的都是委屈和疑惑。

菲菲的泪珠一粒粒往下掉：“我不想听，亿林……我不是怪你没钱，我……我就是不明白，好好的日子，怎么就过成了这样？”

她好像把他的心哭碎了。他辜负了那个自己曾经发誓要捧在心尖上的女孩子。

以前我们都知道，人生中无可奈何的事情有很多，生老病死，得失离散。后来我们终于也知道了，让人无可奈何的事情还包括了贫穷。

回家后，菲菲一直很安静。直到亿林爸妈晚上睡下了，她才从房间里走出来，递给亿林一张银行卡。

“菲菲，这是……”

“我和老板预支了一年的薪水，这是十五万，你拿着用。”她把银行卡塞到他的掌心，“密码是我们结婚的日子。”

他愣愣地看着她，方才反应过来，原来那天她背着他打电话，其实就是在说借钱的事。不知是这烫手的银行卡，还是那货架上九块九的可乐，抑或是更早之前菲菲的沉默寡言，在这一刻，它们都化为了利刃，成功刺穿了亿林的心理防线。

他伸手抱住菲菲，脸贴在她肚子上："老婆，对不起。"

她抚着他的头发，眼里全是心疼和爱意："没关系，没关系的……我只想问你，以后有钱了，能不能天天买可乐给我喝？"

他哽咽道："好！等咱有钱了，我给你买一车可乐回家！"

太阳落下又升起，苦难的日子总有尽头。

也许比太阳更值得珍惜的，是我们在逆境中，依然紧握在一起的那双手。

13

只怕失去你，只怕来不及

不久前，我看了一部电影，名字叫《困在时间里的父亲》，电影讲的是阿尔茨海默症。在现实生活当中，也有很多家庭、很多老人，被这种疾病深深困扰。

这一次，我含泪写了一个菲菲和她父亲的故事。这个故事当然是虚构的，但我想以此来说，疾病可以将亲人分离，却带不走人们的记忆。趁一切还在，请务必珍惜。

——亿林

三

迟来的爱，还能算是爱吗？

有些裂痕，一旦存在，便是终其一生都无法修补的伤痛。人们总希望世上能有后悔药，以此来偿还自己的罪恶，但都是徒劳。

不是每一句“对不起”，都能等来对方脱口而出的“没关系”。

三十出头的年纪，还没有结婚，是罪吗？菲菲坐在餐厅里，望着对面戴着黑框眼镜，西装革履，但领带却绑歪了的“商业精英”，陷入沉思。

如果有罪，请劈道雷来惩罚她，而不是让她应对这糟糕的相亲。这已经是几天来她应对的不知道第几个相亲对象了。可这是母亲的安排，她不得不听。

天没大亮，母亲就给她打电话，让她务必穿着得体，打扮精致，优雅大方地出现在餐厅里。

正逢过年，餐厅里放着喜庆的音乐，对面的“商业精英”摸了摸他头顶上本就风雨飘摇的几绺头发，继续对他的商业帝国侃侃而谈。而据菲菲所知，这位男士应该是个开保暖内衣网店的，不过按照他自己的形容，他的品牌距离上市走秀、打开国际市场大概不远了，简直到了维多利亚的秘密都该为这位竞争对手捏一把汗的程度。

这才一会儿的工夫，这位“商业精英”又从他的商业帝国说到了他的择偶标准。菲菲说了句抱歉，迅速回复着律所客户的微信，然后微笑地示意他继续。

“我妈说女孩子嘛，工作不用那么辛苦，把家庭照顾好就行了。”“商业精英”夹走了碗里的最后一块红烧肉。

听到这话，菲菲付之一笑：“是吗？”

“商业精英”继续道：“其实，我对太太的要求不高，只要她能安分守己，替我打理好家里的事情，会做饭、会做家务就行……”

出于尊重，菲菲还是听他说完了自己的中心思想。她拿纸巾擦了擦嘴，喝下最后一口茶，说：“先生，不瞒你说，你可能也知道，我本职是个律师，而且我专长是打离婚官司的。所以我每天都要面对不同的客户，很多客户可能大半夜给我打电话，我也不想啊，但必须要接。现在这社会，是吧，夫妻间动不动就动刀子的，这可是人命关天的大事。而且……”她看了看对方越来越黑的脸色，继续说：“而且我觉得有些全职太太，面对家庭冷暴力，面对家里拥有经济主导权丈夫的嘲讽，她们拿刀也是可以理解的，当然，这会构

作为一名独立女性，
菲菲的相亲之路并不顺利。

成违法犯罪啊……”

一顿饭吃得菲菲几乎要消化不良，最后连饭钱都是她付的。“商业精英”一脸惧色地走出餐厅，匆匆向她告别，还没走多远就拿起手机：“妈！我跟你说，今天这个女的……”

菲菲双手插兜，看着他那颤颤巍巍的背影，吹了个口哨。男人，都是这副德行。至少，母亲给她介绍的男人，都是这样的。

正当菲菲感慨之际，父亲给她发了一条简短的语音信息。父亲用不惯智能手机，把握不好对着话筒说话的时机，所以讲话的前后总有很多的留白。

“菲菲啊，爸想去你那儿住几天，你看你方便吗？”

她的家，爸爸的家，妈妈的家，是三个截然不同的地方。一家人竟要分你我，想想都好笑。不过事实上，他们的确早就不是一家人了。

菲菲的父母在她六岁那年离婚了，父亲远走他乡，母亲改嫁，还生了一个弟弟。天下之大，除了她自己努力攒钱买下的这套单身公寓，竟没有另外一个地方是她的归宿。能称之为家的地方，回眼望去，全都是断壁残垣，满目疮痍。

正想给父亲回信息，母亲突然打来电话。一定是刚刚那位“商业精英”和他妈妈诉苦，让她妈妈来教训她了。

回到家之后，菲菲把手机放在桌上离自己挺远的地方，终于接通了母亲的电话。没有任何意外，妈妈一上来就是咆哮：“陶菲菲！你什么意思？让你去相亲，你又搞砸了！你今年都三十二了，挑这挑那的，刚才和那个男孩子说什么来着？你说你觉得妻子拿刀对着老公是挺对的？哪个男的敢娶你啊？我迟早要被你气死！这个男孩子家里条件多好啊……”

菲菲一句没应，任凭母亲大人在电话那头唱独角戏，反正她总会有累的时候。不过菲菲觉得自己必须要想一个办法，好摆脱这样的相亲。要是再像前两天这样一天见三个相亲对象，她恐怕年后就不需要回律所上班了，而是需要去医院的精神科去看看。

正在母亲唠叨的时候，菲菲看了看手机，脑中灵光一现，道：“妈，后面几天我出不去了，就辛苦你把那些优秀男士让给别家姑娘吧。”

“啊？你要干什么去？”

她走到桌前拿起手机：“我爸要来我这儿住几天，估摸着我得陪他出去走走。”

“他来做什么？你别让他来！当初离婚他头也没回，现在女儿我养大了，他回来白捡便宜，可真会打算盘！”

每次一提起父亲，母亲就是这样一副歇斯底里的模样。菲菲完全想不明白他们俩当初到底是怎么走在一起，又是怀着怎样的心情生下她的。这个世界糟糕透了，连同她的出生，也是带着怨恨的。这样又怎么能让她相信自己能够过好这一生？她做不到，做不到心平气和地寻找爱人，进入一段她毫无底气的婚姻牢笼。

菲菲给父亲回了消息，紧接着又给做医生的好友亿林打了个电话。因为家庭原因，菲菲在外面一直很少说话，身边朋友也只是寥寥，而亿林算是她少有的能说得上话的朋友。

“怎么啦，大忙人？”

菲菲敷着面膜，叹了口气：“我妈连着让我相亲了七个人，我要疯了。再继续下去，我恐怕开年就要去找你挂号看病了。”

精神科主治医师闫亿林在电话那头没心没肺笑起来：“彼此彼此，我也刚送我相亲对象回到家，一言难尽。”

菲菲感叹着人生不易，顺道和他提了自己绝妙的办法，让父亲来家里住一段时间，正好可以度过这春节假期，彻底摆脱母亲的逼婚。而电话的最后，亿林难得地一本正经起来：“菲菲，我觉得正好趁着这段时间，你和叔叔多相处相处。毕竟也这么多年了，是吧？”

是啊，这么多年了，她也很久没有和父亲见面了。其实关于父亲的记忆，她都是模糊的，就像隔着一层毛玻璃一样，看不清，也听不清。她印象最深刻的就是六岁那年，父母爆发了最激烈的争吵，父亲站在家门口，对着泫然欲泣的她说：“菲菲不哭，爸爸去给你买糖葫芦。”

她终究没等到那串糖葫芦。年少的她也忽略了父亲手里的行李箱，还有他眼底复杂的情感。

“菲菲，和爸爸再见。”

其实应该说的是再也不见。父亲用最温柔的语气，说着世上最狠的话。时至今日，她想起来仍旧痛恨，痛恨他将自己丢下，痛恨他可以潇洒地继续过自己的生活，痛恨他可以做到如此狠心，如此决绝。而年幼的她却并不懂得这一切。

所以六岁那年，她就已经没有爸爸了。如今爸爸对她来说，只是一个称呼罢了。

父亲来的家里那天，拖着他的行李箱，直接打车到了她家楼下。菲菲看到他穿着一件老式夹克衫，咧开嘴朝她笑，一时无言。几年不见，他似乎苍老了许多，而人在异乡，乡音却未改，几十年过去，他的口音还带着老家独有的味道。

父亲一进家门，就打开他的行李箱，翻翻找找。菲菲疑惑地看他，只见他从一个保鲜袋里拿出了一串糖葫芦。由于旅途颠簸，有些糖浆已经碎了，露出了里头酸涩的山楂皮。

父亲把糖葫芦递给她说："在车站看到的，想着你爱吃，我就给你买了。"

几乎是带了些报复心理的，菲菲没有伸手，任凭父亲的手悬在空中，她说："我三十二了，不是小孩子了。"

菲菲本想从父亲脸上看到一丝尴尬的神情，但父亲并没有，他就像是恍然大悟，发现孩子突然长大了一样："噢，是爸爸没想到，对不起啊。"

父亲来的那天晚上，

菲菲梦见六岁的自己终于等到了父亲回家。

父亲收回手去，自己咬了一颗糖葫芦，照旧还是笑着的。人真是越老性格越古怪。

那天晚上菲菲做了一个梦，梦里的她重新回到六岁那年。她搬着小板凳坐在在家门口，等着买糖葫芦的父亲回家。她等了很久，望眼欲穿，终于踏着最后一抹落日，她等到了手握糖葫芦，笑着奔向她的父亲。他将手里红亮亮、透着光的糖葫芦递给她说："看，爸爸没骗你吧。"

人最擅长给自己编织梦境，好的，坏的，充满希冀的，充满绝望的。美梦再好，也有需要清醒的那天。想要无坚不摧，唯一能做的，就是用铠甲包裹柔软的心脏。无人能够进入钢铁铸造的城市，自然也无人能解救黑暗。可谁需要被拯救呢？她早就习惯了自己一个人。

父亲的到来彻底打乱了菲菲的计划。她原本计划趁着过年这几天看看手头的案子，等开工了就能轻松应对，结果父亲仿佛没来过青北一样，要她带着到这里看看，到那里瞧瞧。挤在满是小朋友的动物园里，父亲拿着买好的饵料喂猴子，开心得像个孩子，还招手让她一起过来投喂。他甚至还坚持要买儿童发箍，他戴，她也戴，这一大一小"两只兔子"，引来不少游客注目。

"爸，你干啥啊？咱们不是三岁孩子啊！"

可是父亲不管不顾，孩子气一样说："这多可爱啊，是吧，小兔子？"

小兔子，多久没听到这个称呼了。因为菲菲属兔，所以在早些年父母感情还算凑合的时候，他们除了叫她名字，就是叫她小兔子。

就在菲菲恍惚的瞬间，父亲已经消失在眼前，被人群挤散了。她打电话却没人接听，怎么也找不到人，她甚至一度想去找广播站广播寻人了。

菲菲找到父亲的时候，发现他在熊猫馆前呆呆地站着。菲菲气坏了："爸，你乱跑什么啊？"

父亲不好意思地道歉："让你担心了吧。"

"您都几岁了？我有什么可担心的？"菲菲没好气地说。

去过动物园，父亲又要去吃冰淇淋。菲菲怎么也想不通，为何如今父亲转了性子，专门喜欢这种小女孩儿喜欢做的事情。一个六十几岁的老人家手里拿着两个甜筒，一个给她，一个给自己。

"菲菲，看什么？快吃啊。"

"啊，好。"

"咱们来拍个照吧。"

她看了看周围的环境："这有啥可拍的？"

父亲坚持道："拍一个吧，拍一个。"

"好，好，我们拍。"

照片里父亲笑得灿烂，岁月刻在他脸上的年轮，是那一道道深

菲菲和父亲去了很多地方，去游船，
又去动物园，她觉得如今的父亲就像个小孩子一样。

深的褶子，但谁知道这些年他经历了些什么呢？

他们去了很多地方，去公园游船，又去看了一场电影，但是那部科幻电影他根本看不明白，中途就睡着了。电影院内光线昏暗，忽明忽暗的光照在他脸上，菲菲不由多看了两眼。她扭头去看银幕，电影里刚好演的是一个金发碧眼的爸爸在和小女儿告别，因为他要去拯救世界了。

爆米花塞进嘴里，她忽然觉得噎得慌。

直到有一天，菲菲带父亲去餐厅吃饭，在那里遇到了之前的一个相亲对象。她从洗手间回来的路上，被相亲对象拦住，那人硬要和她搭话。他好像很自信的样子，觉得世上的女人都要围着他转，她甚至怀疑他有妄想症。

“你又来相亲啊？还没找着呢吧？”男人笑道，似乎是在报复。

菲菲翻了个白眼：“你找到了合适的，真是恭喜你啊。”

“那可不！不是每个女人都像你这样，青北就一套单身公寓住着，供着月供，却还以为自己有别墅呢。还和介绍人说什么我要求太多？听说从小你爸就不要你了，果然……”

“哗——”一杯水猛然泼在那男人脸的上。

“谁说我女儿没爸爸？”菲菲一转头，气咻咻的父亲站在身后，手微微颤抖，拿着一个空玻璃杯。

没等菲菲说话，父亲拉着她掉头就走。走了很远的路，她猛地甩开他的手：“够了！”

父亲看着她，她无可奈何：“爸，您做什么呀？您这样处理，我妈肯定要找我麻烦。”

“我不许有人那样说你！”父亲很激动。

“可他说的也没错啊，我在青北就那一套小房子，从小您和我妈离婚，不要我了，他说得有错吗？”菲菲终于歇斯底里起来，连日来心里的不舒服和别扭，都爆发在一刻。不，或许促使她爆发的，不只是这几天的情绪，还有过去二十六年的执念。

她步步紧逼，靠近他：“我一直很想问问你们两个，既然彼此如此厌恶，为什么要生下我？”

父亲陡然沉默了，转过身去好几分钟没吭声。就在她以为父亲什么也不会说的时候，他却若无其事地转头道：“明天咱们去爬山吧？”

这时候哪里有心情爬山呢？菲菲拒绝了他：“爸，我手上还有一堆事情没做呢。”

“你就不能再陪爸爸爬个山吗？”

“我也陪了您好几天了，马上就要开工了，我的工作也很重要。从小到大，您又陪过我几次？”

父亲第一次流露出失落的样子：“那行，你明天忙吧，爸爸明天就回去了。”

她张了张嘴，一堆话塞在嗓子里，硬生生咽了回去。

就这样吧，只要父亲回去，她这些天起伏的情绪都可以回到正轨。本来她陶菲菲，就是一个没人要的小孩儿。

第二天醒来已经是中午。菲菲去隔壁房间叫父亲起床，结果那房间里空空荡荡，像从未来过人一样，连被子都没有褶皱。

床头放着一张银行卡，附了一张纸条，一看就是父亲的笔迹，他们那个年代的人，字总是写得很好看。

“菲菲，我走了，这是我这些年攒的钱，你拿着，把房贷还了。”

底下的落款，是“爸爸”两个字。

她捏着银行卡，直觉手有千斤重，低头出门想打父亲电话，却发现地上还有一张发黄的纸片，似乎已经有些年头了。弯腰捡起来，看到纸上的笔迹稚嫩，菲菲一眼就认出了是自己当年写的。

想和爸爸做的十件事：

1. 去动物喂猴子

2. 一起吃冰淇淋

3. 去东湖公园划船

4. 看电影

5. 和爸爸一起爬山

6.……

菲菲几乎是控制不住地发抖。父亲这些天做的幼稚事情，终于有了解答。他不过是为了圆她童年的愿望，才强行要求她去这去那。这些小事，父亲始终记得，而自己早就忘了。

被抛弃的恨意如附骨之疽，渗进她的灵魂，蒙蔽了她的眼睛。父亲是这样爱她，小心翼翼地讨好，生怕她不开心，哪怕她恶语相向。他甚至没有想要讨得她的谅解，而她竟看不出这一切。

正当菲菲自责而出神的时候，亿林打了语音电话过来。刚一接通，菲菲就发现亿林在电话那头火急火燎，她吸着鼻子听他说，很快也着急起来。

亿林告诉菲菲，其实她的父亲一直和他都有联系，就想着能多了解一些她的近况。直到前些日子父亲去医院看病，查出了自己患有阿尔兹海默症，也就是大家口中的老年痴呆。他要求亿林守口如瓶，而自己踏上了来找女儿的旅途。他想在自己尚且清醒的时候，完成对女儿的补偿，即使这份补偿来得太迟。而亿林刚刚接到菲菲父亲电话，说他要离开了，特意感谢亿林的帮忙。

“你快点！他刚走没多久！”亿林急得不行，“去火车站！他现

亿林告诉菲菲，其实她的父亲一直和他都有联系，
只想能多了解一些她的近况。

在一个人在外面待着，万一这时候发病可不得了！”

菲菲坐上出租车，不停催促着司机师傅快点，再快点。明明她家离火车站并不算太远，可她却觉得这条路长得一眼望不到头。

出门得急，菲菲手上还捏着那张笔迹稚嫩的愿望清单。怪不得，怪不得他会在动物园走丢；怪不得，家里水龙头总是忘了关；怪不得，他坚持要去爬山。因为他本就知道，按自己的病情发展，可能下次很难清醒地和她一起爬山了。

他明明什么都知道，却什么也不说，任由她恨他，讨厌他。

她的爸爸真的很让人讨厌。

火急火燎地跑到火车站，人群中，菲菲绝望地不知道去哪里找自己的父亲。嘴里一直喊着“爸”，她觉得，是她把爸爸弄丢了。她找不到他了。

“爸！爸，你在哪里？你又要丢下我一个人，是吗？”她喃喃自语。

抬头间，菲菲看到一个卖糖葫芦的人在躲避着什么，一个熟悉的身影追着那个卖糖葫芦的人，坚持要从他手里拿到糖葫芦。

“爸，你干吗呀？”菲菲惊魂未定地跑过去，连忙和买糖葫芦的人道歉、付钱，又把糖葫芦塞进父亲手里，“你知不知道我要担心死了！”

而父亲却眼神迷茫，嘴里喃喃地说：“回家，我要回家。”

"好，我们回家。"

"菲菲还在家里等着我的糖葫芦呢……"

火车站外，菲菲傻傻地看着父亲，突然抱住他，爆发出最大的哭声，歇斯底里。

"爸，我不要糖葫芦了，我不要了……我要你……我只要你……"

虽然我未曾说过我爱你，但我一直爱你，从你出生那一刻起。

只怕失去你，只怕来不及。

14 等到玫瑰盛放

在我读初中的时候，班里有一个男同学，在初二那年就被家里送到了国外读书，这么多年从没回来过。去年同学聚会，听其他同学念叨我才得知，他竟然和我们班里一个女生有过一段异国恋。这段感情最终的结局没有人知道，大家只知道这位同学并没有回国，而那位女生也没有嫁人。想必又是一个苦情的故事。

其实有些时候，我们轻易做出的一个决定，就改变了自己，乃至他人的一段人生。我并不知道这两位同学更多的故事细节，但我希望他们能有一个更好的结局，就像这一次我写下的故事一样。

——亿林

三

青春是一段杂糅了欢笑与感伤的乐章，有人默默演奏，将它藏进了胸膛。

说起学生时代，你的脑海里会出现些什么？是班主任透过后窗的凝视，是父母对于失败成绩的叹息，是球场上和同学们肆意挥洒的汗水，还是课堂上总是摇摆的那条马尾辫？缝缝补补拼凑出来的回忆，如同冰凉的月光一样，淌入心脏，骤然冻结时光。

亿林从美国回来已经一两个月了。这次放弃了美国的高薪工作也是家人有命难违，叫他务必回国接手家里的生意。不仅要接手生意，他还必须要接手父母安排的相亲对象。看着手机里母亲发来的一个个环肥燕瘦的女孩子，他长叹一声，人生艰难。

高中同学群今天难得活跃，消息栏上面的小红点诱惑着他点开查看。其实他这些年和高中同学联系得极少，同学们都说他就像失联了一样。但其实，他自己也没明白在躲着什么。怕看到自己想看到的，更怕自己看到不想看到的，怕记忆里的那个人突然在梦里嫣然一笑，造成惊涛骇浪。竟别扭成这副德行。

亿林做了个深呼吸，点开了群聊。原来是前些时候，几个同学相约去野餐烧烤，终于想起要把照片发上来。他含笑往下划着照片，却猛然停住了自己的手指。那张照片里是一男一女，两人一站一坐，女生扎着短短的马尾，对着镜头比划着“V”字的手势，后面的男生手里拿着烧烤材料，也跟着茫然地比划了一个同样的手势。他们看着如此登对。

其实这两人他都很熟悉，男生是程阳，他高中最要好的兄弟；女生是陶菲菲，是他高中……想碰却不敢碰的梦想。

发照片的人是他现在唯一还有联系的同学大猫。可能是上次人少不尽兴，大猫嚷嚷着要再多找几个人，一起吃顿饭。反正也和自己没关系，亿林想。哪里知道大猫却直接在群里点了名。

“我说老闫，你这刚从美利坚回来，不得出来遛遛？”

群里一时炸了锅，大家七嘴八舌地讨论起他的回国时间，还有近况。关心信息太多，手机竟一时成了烫手山芋，他回也不是，不回也不是。甚至连菲菲和程阳都出现在聊天框里，说他不够意思，怎么回来了都不告诉大家。

事已至此，他也没有办法继续装没看见，亿林坐在沙发上，发出了几年来，在同学群里的第一句话：“大猫，什么遛一遛，你当我是狗啊？”配了个暴打猫猫的表情包，仿佛这样轻松愉快的聊天就能掩饰他此时此刻内心的复杂。而群里一片欢声笑语，看起来热闹非凡，一片繁华景象。

“行，我这回来也是刚安顿好，你们定地点，到时候我一定去！”

菲菲马上回了一句：“这可是你说的啊！”

对，是他说的。这一次他不准备再当逃兵，他想去看看自己心里这么多年的梦，究竟什么时候才能醒。

世上感慨千万，唯情之一字，最是叫人痴迷。我们歌颂爱情，世代传唱爱情，却无人参透这爱情。明明知道饮下的是痛楚，可偏偏执迷不悟，宁愿长醉不醒。亿林终于明白了金庸先生在《书剑恩仇录》里写的那句——情深不寿，慧极必伤。

大猫不愧为当年的班级委员，组织能力果然不同凡响，当晚就敲定了聚餐的人数和地点。不知是不是老天故意在嘲笑他，聚会当天竟下了好大的雨，下车步行到饭店门口，风雨打湿了他半截裤腿。亿林无奈地站在饭店屋檐下，看着自己淋湿了贴在腿上的裤管，深深叹气。他忙着蹲下和自己皮鞋上的泥污做斗争，以至于都忽略了出现在自己跟前的两个人。

“亿林？”

他擦好鞋，缓缓抬头，如同慢动作一样。视线里是一双白色高

从国外回来，
昔日少年已变成了一个成熟男人。

跟鞋，旁边是一双男士皮鞋，而他自己的鞋子在这幅画面里，就像个不该出现的配角，仿佛连同他这个人也是。

多年后的相遇，他设想了许多次，竟怎么也没想到会是这样情形。他仍旧蹲着，勉强抬头，才看到菲菲和程阳并肩站着，好笑地看着他。

“真的是你？”程阳一脸惊喜，将他拉起来，不由分说给了他一个熊抱。

菲菲在一旁忍着笑，拍了拍程阳肩膀：“我就说嘛，肯定是他！大老远看也不会认错的！”

这么多年了，昔日少年已经变成了一个成熟男人。时常看镜子的时候，他都有些想不起曾经自己的模样，竟被她一眼看穿。校服换作西装，球鞋换做皮鞋，他脱胎换骨换了个样子，似乎什么都变了，但有一点始终没变，就是面对菲菲时候，他仍旧紧张地心跳加速，仿佛能感觉到自己的热血在沸腾。

“好久不见啊，两位。”他听见自己说。

好久是多久？从高中毕业那会儿算起来到如今，已经整整九个年头。高中毕业，大家各奔东西，多数人选择在国内完成学业。也有少数人，像他这样出国读书，然后在国外就业。记忆中那个穿着白衬衫校服的女孩子，和眼前穿着白色连衣裙的成熟女子慢慢重合。她巧笑颜兮，顾盼生辉，仍旧扎着那标志性的马尾，头发也还是黑色，似乎扭过头换上校服，就能消除这横亘他们之间长达九年的时光。人生又有多少个九年能够让人蹉跎？

和菲菲相遇，是在学校的广播站。菲菲是转校生，插班到他们班，平时话少，他们俩并不相识。有一天学长说要给亿林配一个新搭档，他独自一人坐在广播室里，低头准备播放今天的午休歌曲，老旧的门“吱呀”一声响，他猛地转头看去，一个抱着书的女孩子朝他歪歪头：“是你啊？我是你的新搭档。”

原来她对他不是没有印象。

配合着他选的李宗盛和林忆莲的经典老歌《当爱已成往事》，她翻开手里的书朗读起来。

（往事不要再提，人生已多风雨。）
当你老了，头发白了，睡思昏沉，
炉火旁打盹，请取下这部诗歌。

（纵然记忆抹不去，爱与恨都还在心里。）
慢慢读，回想你过去眼神的柔和，
回想它们昔日浓重的阴影。

再见菲菲，学生时代的点滴往事全都涌上了亿林的心头。

（真的要断了过去，让明天好好继续，你就不要再苦苦追问我的消息。）

多少人爱你青春欢畅的时辰，爱慕你的美丽，假意和真心。

（爱情它是个难题，让人目眩神迷。忘了痛或许可以，忘了你却太不容易。

只有一个人爱你朝圣者的灵魂，爱你衰老了的脸上痛苦的皱纹。

（你不曾真的离去，你始终在我心里，我对你仍有爱意，我对自己无能为力。）

垂下头来，在红火闪耀的炉子旁，凄然地轻轻诉说那爱情的消逝。

在头顶上的山上它缓缓地踱着步子，
在一群星星中间隐藏着脸庞。

后来身在异国的亿林时时回想那个初夏的午后——女孩儿低头读诗，她喉咙间住着夜莺，念出口的诗歌成了绝世乐章，在他心口十年如一日地回响。那时他才知道，那首诗是诗人叶芝在 1893 年面对挚爱的女友写出的传世情诗。

那一瞬间，他突然嫉妒起百年前的人来。因为他甚至连开口诉说爱意的资格也没有。

同班同学和广播站搭档并未曾让两人相熟。菲菲是个很内向的人，每天不是抱着书就是低头做作业，讲话细声细气的。亿林甚至觉得和她大声一些说话都是种罪过。一次很偶然的机会，他发现自己和菲菲上学坐的竟是同一班车，只是她每次出发的时间都特别早。菲菲家在他前面几站，运气好的话就会遇见她。

那天看到她站在窗边看风景，亿林终于鼓足勇气，穿过拥挤的人群走过去。

“菲菲？”

她没有回头。尴尬间，公交车突然急刹车，菲菲没站稳，身体猛然向后倒，正好被亿林拉住。菲菲直起身子，回头看到是亿林，惊讶地瞪大了眼睛。

她拿下耳机：“亿林？你也坐这辆车？”原来菲菲是因为在听歌，所以才没搭理他。

亿林松一口气，笑起来：“是啊，好巧。”

眼看着两人又要冷场，他急中生智从自己的包里拿出一块塑料盒子装着的小蛋糕：“喏，给你。”

“你这是……”

亿林耸耸肩，做出一副无奈的样子：“我妈非要给我买这个草莓蛋糕，我都说了我不爱吃，你们女孩子应该更喜欢草莓，给你吧。我觉得还是校门口的油饼和豆浆更好吃一点。”

她笑着接过：“那……谢啦。”

一切都很美好，如果那天中午，他没有发现那个秘密的话。

亿林妈妈对他很是慷慨，高中时，他的零花钱也多一些。平时他和程阳、大猫他们几个都会在食堂的二楼点炒菜吃。怕菲菲中午有一顿没一顿容易胃疼，亿林特意邀请菲菲一起来二楼吃热菜。

趁着菲菲去拿菜的时候，大猫在桌子那边挤眉弄眼：“程阳！你准备什么时候告白？你都偷偷看了人多久了？”

亿林猛地看向程阳，而那位平时英俊潇洒的学霸一脸不赞同：“别瞎说！你别吓着她！”

菲菲把手里的菜放下，回过头看向他们：“你们在说什么？”

“说天气真好！”

“说今天考试太难了！”

真是说谎都没有默契。

菲菲笑起来，眼睛变成两道小小的拱桥：“你们说我坏话呢，是吧！对了，今天是不是程阳生日？”她从裤兜里变出一瓶养乐多，放在程阳面前，“祝你生日快乐。”

亿林握着筷子的手几乎要把筷子拧断了，他盯着那瓶养乐多，强行咽下了自己嘴里的米饭。明知不应该，但他还是很想问，是我哪里不够好？为什么不可以是我？

往事不必追忆。亿林和菲菲两个人一起走入饭店，走廊上，菲菲回过头问他：“你也真是的，什么时候回来的？是不是感情淡了？找到你的缪斯了吗？”

“啊？”亿林快步跟上，“哎，我也就才回来一两个月，想着安顿好再找你们吃饭。还缪斯呢？金发碧眼的外国人不是我的菜，你又不是不知道！”

她望着身边这个消瘦许多也沉默许多的旧人，说出一句几乎让他们都下不来的话：“那什么是你的菜？”

小时候的菲菲比现在要内向很多。因为怕生，亿林是她在转学之后真正结交的第一个朋友。

她记得他每天放学后共同乘坐公交车的陪伴，他和她聊穿衣打扮，聊人生梦想，似乎没有他不知道的事情，也没有他接不了的话题。

她记得他怕她没有朋友，邀请她去食堂二楼吃饭，着急付钱的模样。

她记得他怕她孤单，特意推了约好的球赛，带她去吃麦当劳。

虽然投身各行各业，但老同学聚在一起，
照旧还是长不大的样子。

她记得这个男孩儿那么喜欢自己，却笨拙地掩藏自己的爱意。

甚至到了最后，她和程阳考上了青北大学——国内数一数二的双一流大学，而亿林的成绩一直在中等，为了和她考取同一所大学，拼了命复习，结果终究还是差了几分。

那个暑假，她偶然听到大猫说亿林要复读考青大，可家里却想安排他出国。国外那个大学很有名，甚至是她儿时的梦想。亿林是为什么复读，她比谁都清楚。

暑假里的一场溜冰结束，亿林送菲菲到家楼下，夏季的路灯下小虫儿飞舞，他插着兜："等我明年考上青大，你们可不能不带我玩。"

她攥着亿林送的兔子公仔，盯着脚尖："亿林，我有个事想和你说。"

"什么事？"

努力忽视他眼中的期待，菲菲听到自己微微颤抖的声音说："我想和程阳告白，你说……他会喜欢我吗？"

少年的脸色在路灯下显得苍白，他磕磕绊绊地说："会……怎么不会……"

手里的小兔子公仔已经被她捏得变形，她再说不出下一句，怕再开口，就会泪流满面。

亿林退后半步，踢了踢地上的小石子："其实，我也有事儿和你说。我家里一直想让我去美国读大学，你说，我该不该去？”他通红的眼睛里闪着希冀的火苗，只要她挽留，他就不会走。

他细心地浇灌着心爱的玫瑰，却从来没有妄想摘下她。哪怕只是做朋友，他也想能够陪伴她的余生时光。

菲菲抿着嘴笑，眼泪夺眶而出：“要去的，去外面发展更好。你别担心我们，我们会很想你。”

亿林以为她是因为突如其来的离别流泪，慌忙来擦她的眼泪，自己却也哭了：“你别哭，你别哭，我没事……我去美国也能过得很好，真的，我向你保证！”

那是她最后一次见到亿林。再见已是九年后。

菲菲克制不住地想多看看他，九年的时光就像层窗户纸，一捅就破了。她愧对于他的感情，哪怕是为了他的光明前程。

一桌子老同学，大家虽然投身各行各业，但聚在一起，照旧还是长不大的样子。菲菲和亿林都格外沉默，他们陷在各自的回忆里，无可自拔。

大猫提起玩酒桌游戏，大家便起哄着说玩真心话大冒险。酒瓶子在桌上转动，亿林盯着那瓶口，默默祈祷不要是他，他都能想到这些损友能问出什么问题。

所幸，不是他，然而瓶子停下了，瓶口正对着菲菲。

菲菲云淡风轻的样子，就像天边的那轮明月，
永远清冷，也永远圣洁。

菲菲很坦然："我选真心话。想问什么，问吧？"

"我问我问！"一个女同学自告奋勇，挤眉弄眼，"菲菲在高中那会儿，有没有哪个特别'欣赏'的异性？"

一桌人的眼睛盯着她，她也早已不是那个被人看一眼就会脸红的女同学了，她松口气笑起来："就这？我还以为有多劲爆呢。"

"别转移话题！快回答！"

亿林艰难地别过眼，不去看她，因为亿林很清楚，她口中那人是谁。可他逃不掉地只听她说道："有，并且，他就坐在这张桌子上。"

人群中爆发出些许躁动，大家笑着，你看看我，我看看你，都在猜那个人是谁。但菲菲却不再提了，只说她回答过了，就这一个答案。

酒过三巡，同学们醉得醉，倒得倒，剩下的清醒人已经不多了。亿林也觉得自己醉了，看到程阳离座去洗手间，大概是酒壮怂人胆，怕今天以后再没有机会。他拿着酒杯，半醉半醒地看着菲菲："你知道之前为什么每个下课，我总是找你问问题吗？"

菲菲相当平静，低头看着自己的杯子，淡淡地笑着看他："那你想过没有？为什么我总是在座位上待着，而不出去玩呢？"

亿林怀疑自己醉得彻底，大猫在那边抱着酒瓶子，还在喊着兄弟干杯。他拍了拍自己的脸，努力看向菲菲，她仍旧是云淡风轻的样子，像天边的那轮明月，永远清冷，也永远圣洁。

“闫亿林，你没听错。”她给予了肯定的答案。

她怎么可以，怎么可以用这么平淡的语气，往他心里丢下一颗核弹，炸得他理智全无。

聚会结束，大家在门口告别。只剩下亿林，菲菲和程阳。这时程阳拍了拍亿林肩膀，低声道：“兄弟，这么多年，其实都是你赢了。好好把握机会啊。”说罢，他自如地打起了电话，和女朋友说自己马上就回家。

饭店门口，只有他和菲菲两人了。

外面的雨小了很多，因为喝了酒，菲菲那瓷白色的肌肤泛起粉红，像颗水蜜桃。

“我当年骗了你，对不起。”她道歉。

幸福来得突然，亿林到现在都回不过神，一切都明晰起来，那个告别的深夜里，她的眼泪，她的无奈，全都清清楚楚地浮现在眼前。是他误会了这么多年，切断了和她的联系。他错得离谱。

“其实我也骗了你。公车上遇到你，不是巧合。其实每辆路过的16路，我都会很认真地看，发现你在车上，我才会上车……草莓蛋糕也不是我妈买的，是我觉得你爱吃，想买给你吃。广播站连着放了三遍的《喜欢你》，不是我失误，我就是想播给你听……我以为自己的成全是伟大的牺牲，但其实是我从头到尾都在当个蠢货，看不清你的感情。对不起。”

雨停了。她笑了。

“那以后我们不说对不起了。”

除了对不起，我最想说的还是，我喜欢你，一直喜欢你。

我爱你，愿意用生命去延续。

最终，他还是等到了玫瑰盛放。

芳香馥郁，开满心房。

15 当世界暗下来，你便是我的光

我有一个远方亲戚，按辈分来说，我要管他叫叔叔。早些年，他苦心经营着一支工程队，到处接项目赚钱。然而天不遂人愿，就在事业正红火的时候，他突然得了不治之症，没熬多久便撒手人寰。家里的亲戚都在为他感到可惜，而且因为断了经济来源，大家也担心婶子的生计问题。然而婶子却表现出了惊人的坚强，她跑遍了所有工地，把丈夫生前该讨的债全部要了回来。钱虽不多，但已经足够让孩子吃得上饭，上得起学。

我和那位叔叔只见过几次面，交情算不得很深。但我经常会想起他，甚至在想，也许他只不过是生意不太顺心，找个地方躲了起来，婶子替他讨债，是为了帮他渡过难关。我当然知道这并不是现实，但至少，我想写在我的故事里。

——亿林

三

啤酒，花生米，昏沉冰冷的光线，令人昏昏欲睡。亿林坐在空荡荡的工厂办公室里，本该热闹鼎沸的厂子，只有他一个光杆司令。

手背覆着额头，原先柔和的白炽灯在酒精的作用下，显得格外刺眼。他闭上眼睛又睁开，睁开再闭上，想努力摆脱四肢百骸的无力感，终归是徒劳。

冰凉的酒液顺着喉咙往下灌，很快就泛起眩晕的灼烧感。人嘛，都是这样的，开心的时候容易醉，真想逃开现实这一切，躲进酒精赐予的幻觉里时，却清醒得让人难过。

上次喝这么多酒是什么时候？哦，记起来了，是许多年前，大学毕业的聚餐，俗称“散伙饭”。

天南地北的同龄人，因为一张录取通知书聚在一起，朝夕相处，这一处就处了四年。四年之期一满，就要为了前程各奔东西。

那会儿是真年轻啊，记得自己举起杯子，作为班长做了总结发言。拿筷子敲着绿色的酒瓶子，高谈阔论，祝同学们前程似锦，一路繁花。不知道是不是酒精终于发挥了一点点作用，原先有些模糊的面容，一张张地清晰浮现。

“班长！听说你要留在这里继续发展，十年后，我们一定要再聚一次！”

“那咱们班长可是还没毕业就有好几家大公司想录取的尖子生，以后肯定没问题！”

“可不是吗？咱们以后可就指望抱抱班长的金大腿了！”

“你们是不是还忘了菲菲！班长脚还没跨出校门，就爱情事业双丰收了。”

“就是啊，羡慕死我们单身的了。”

……

那些自以为忘却的来自同学们的祝福，就这样闯入脑海。现在想来，真是一出笑话。

对了，还有菲菲。

菲菲是亿林的大学同学，系花，也是他相伴多年的枕边人，他的妻子。胶片电影倒放一般，他闭上眼，就想起了第一次看见菲菲的情形。

盛夏午后的教室，那是大家的第一节课。老师要大家做自我介绍，菲菲走上讲台，拿起粉笔，在黑板上一笔一画地写下自己的名字。一身浅蓝色的连衣裙，随着她转身，裙边飘起来，往人心上泛起一阵阵涟漪。

菲菲微微欠身，把及肩的头发往耳后一别，露出落落大方的笑容："很高兴遇见大家，未来四年，请多指教。"

阳光似乎特别偏爱美人，在她发丝勾勒出美丽的轮廓，就连空气中的浮尘，都成了绝佳的好景色。他错不开眼，他不仅被她勾走了视线，甚至觉得自己的心也彻底沦陷。

有这样想法的男生，当然不止闫亿林一个。所以那会儿亿林就暗暗发誓，他一定要特别努力，赢过所有男生，得到她的喜欢，给她幸福的生活。

记忆是否有缺漏，如今已无从考证。本来就是一部青春电影，无所谓开篇，不知道结局，重中之重便是那影片中的高潮瞬间。大家都希望电影的结局能够美满团圆。中间的坎坷、痛苦，都如过眼云烟，不过如此。

遗憾的是，现实并不是这样的。

电影只有两个小时，并不是全部人生艺术只截取了观众希望观赏的部分，两小时之后的家长里短，一地鸡毛，从未有作品展现过。

童话故事，只允许完美收场。

亿林嘴里的苦涩似乎一路随着酒液流向了身体各处，而心上

各大厂商压了货款，

亿林的工厂难以为继，无奈下只好借酒浇愁。

的苦楚更甚。工厂的业绩每况愈下，各大厂商压了货款，资金断流，他苦苦支撑，无奈裁员，再这样下去，恐怕没几天就要关张大吉了。

而这一切，他没有和菲菲说。

菲菲的家境本就比他好得多。亿林在毕业后将近十年里，能够有如今的成绩，很大一部分原因，也是因为她。

菲菲掏出了本应自己保管的结婚礼金，以及自己的所有嫁妆积蓄，让亿林大胆去创业。所以他一直想着绝不能让菲菲吃苦。他要背着她，让她脚不沾地地过一辈子。

大学时，菲菲有许多追求者。其中不乏富家子弟，甚至还有开着小跑车来给她送花的。有的风度翩翩，有的英俊倜傥，可是菲菲偏偏就在一堆男生里，选中了他。缘故于此，亿林更不愿意让她失望，习惯了在她跟前粉饰太平，做出欣欣向荣的假象，她也就真的信了。

早上亿林要出门的时候，菲菲在镜子前化妆，问他这个口红好不好看，她还喊住他说："那个，你转点儿钱给我，今天我要去见个朋友，买点东西。"

镜子里，菲菲歪着头，认真看着自己的脸，然后又转过头来看向亿林。没等他多说，菲菲忽然跳起来，看看手表："呀！来不及了！晚上我就不回来吃了，你自己吃吧！"

亿林拿起手机，给菲菲转了三千块钱，看着自己银行卡的余额，心头泛起浓烈的失望。

人很矛盾，对吧。

他看着陡然关上的大门，重重的叹了一口气。那个瞬间，他不知道自己到底是希望菲菲看出来端倪，还是希望她永远这么单纯不谙世事，只做她的富太太就行了。疲惫与无奈，就像洪水，狠狠冲刷成年人的心理防线，吞没所有勇气与能量。

尽管不应该，但亿林还是不能免俗地暗暗埋怨起妻子的不理解。所以什么青梅竹马，海誓山盟，金童玉女，最终都会消磨在时光里。浪漫的校园青春电影，最终的走向，也会回归现实主题，只剩失望和彷徨。

晓鹏来的时候，亿林已经喝了许多酒。他急匆匆地来："我说，你怎么还喝上了？"

他这一句话，把亿林从无边的回忆里拽了出来。

晓鹏是他们的学弟。说来也是好笑，当初称兄道弟的同学、朋友，在他们大富大贵的时候都在身边，过年聚餐一个也不少。可是亿林自己借出去的钱，如今需要用了，却一分都要不回来。舍下面子，叫大家帮把手，愿意借钱的人也不到十分之一。

聊天列表里，大家多年的默契，似乎都放在了找借口上。

"班长，我这段时间手头紧张，实在没有多出来的钱。"

听说亿林有了难处，
好友晓鹏立即慷慨解囊。

“哎呀咋整啊，我的钱前几天刚刚扔到股票里去了！”

“喂？班长吗？不好意思啊，我媳妇儿刚生了孩子，这开销太大了……”

更有甚者，干脆装作没有看见消息。

其实大家都有难处，不能强求，这些亿林都理解。唯独晓鹏以前倒是没怎么参加过聚会，但有需要帮忙的时候，他永远第一个出现。

人情世故可能就是这样。人走茶凉，树倒猢狲散，你光芒万丈的时候所有人都爱你，行至低谷之时离者众，亲者寡。

亿林回头看看晓鹏，见他满头大汗，还在喘气。

“来了啊。”

晓鹏从兜里掏出银行卡，放在桌上：“都在这了。”晓鹏不是生意人，这些钱都是他这几年攒下来的。

亿林握着银行卡，只觉得烫手。但厂子已到生死存亡之际，他实在没有办法说自己不需要这笔资金。一旦资金链彻底断了，那才是真正噩梦的开始。

亿林拍了拍晓鹏的肩膀，兄弟情义不是开口一句简单的“谢谢”就能表达的。

晓鹏看了看外头黑漆漆的车间，问亿林：“你厂子现在什么情况？”

亿林如实以告：“现在行情不好，几个大客户啊，都把货款压着。就我这小厂，已经要撑不住了……”

晓鹏问：“这事儿嫂子知道吗？”

想起早上菲菲打扮得漂漂亮亮地出门，亿林叹气道：“她呀，知道又怎么样？一天到晚不着家。唉，不说这些了，来咱们兄弟好久不见了，喝酒！”

亿林一口喝掉了杯中酒，这一个晚上，他不想坚强，只想放纵自己的脆弱。他其实有满腹的话想要说，开口竟不知从何说起。诉说自己的疲惫，还是抱怨上天的不公？亿林并不是喜欢将伤口现于人前的性格，所以他只能躲在黑暗里舔舐伤口，然后站起来拍拍大腿，继续往前走。毕竟在他身后还有菲菲，还有孩子，还有年事渐高的双方父母。

晓鹏当然没有喝酒，只能看着亿林一杯接一杯地灌自己，好像早就醉了，却又努力保持清醒。

他把亿林塞进车子，自己开车送他回家。怕亿林不舒服，晓鹏开了窗子，深夜的风灌进车里，卷起一片凄凉。这座跨江大桥是大学时代他们从学校到市里的必经之路，来回不知多少日夜寒暑。黄澄澄的路灯向后拉成一道道笔直的光线，脑海里幻灯片般的青葱岁月，是狂放，是肆无忌惮，如今更添伤感。

亿林醉眼蒙眬地望着茫茫夜色，耳朵里飘来了广播里不知哪位天涯沦落人点播的《二十岁的眼泪》。

是二十岁的男人就不再哭泣，
让我们彼此就这样约定，
到四十岁的时候我们再相逢，
笑说风花雪月算什么，
没有哭只有笑，
笑你当年的荒谬，
没有哭只有笑，
笑你一个人走出风中。

亿林低声跟着广播哼唱着破碎的旋律，悲伤的心绪漫过胸膛，手机里，菲菲至今也没有发来一条消息，不知道她今晚和朋友玩得是否开心。

车开到了亿林家楼下的地库，晓鹏给菲菲打电话：“喂，嫂子，林哥喝多了，在车库呢，你下来接一下吧。”

亿林踉踉跄跄地从车里爬出来，靠在车边上。车库安静极了，以至于菲菲的声音从手机里传来时显得格外清晰。她微微抱怨：“怎么又喝这么多呀？我这有事儿呢，等会儿再说，先挂了啊！”

一阵忙音来得猝不及防，显然是菲菲把电话切断了。一时有些尴尬。

晓鹏扶着亿林说：“唉，我送你，我送你上去。来来来，走！”

而亿林此刻只想一个人待着，他挥开了好友的手：“我自己行！你回吧！没事儿！”

晓鹏大概怕他情绪不好，所以不想过多打扰，和他说了句，“保重，有事儿联系”，便离开了。

车库里一个人也没有，亿林撑着自己的车，引擎盖微微发烫，给了他些许暖意。年少时候的一腔孤勇，没想到却在现实中被撞得支离破碎，拼也拼不起来。他曾经以为自己最大的勇气是拿着所拥有的一切去赌一个明天，现在想来，真是大错特错。人最需要勇气的时候，就是面对着一片狼藉，重拾河山，缝缝补补拼凑出一个还算凑合的人生。不论是从感情方面，还是生活方面，道理似乎都是相同的。

手机偏偏在这时候不合时宜地响了起来，亿林看都没看就接了电话，听筒里传来一个熟悉的声音。

“林总！我求求你了，赶快把你老婆接回去吧！这都快跟了我一个星期了，我连厕所都上不了啊！我现在就让财务把款打给你，可以了吧？哎哟，我真是服了！”

在挂断电话的时候，亿林终于意识到，这是自己客户张总的声音。

他攥着手机，酒意全无。都说人往往在后悔的时候才会惦念起他人的好，一时间，亿林哽着喉咙，讲不出半个字来。心头百转千回，皆是菲菲一人。

亿林努力让自己走回家，坐在黑漆漆的客厅里，和无边的悔意共生共存。他拿出电话，打给菲菲。

“老婆……”

话还没说，已语不成句，接不上后头的话。他以为菲菲不着家是去享受生活，没成想自己心里的埋怨与阴暗，在这时候竟显得那样愚蠢与自私。

菲菲似乎开心得要命：“亿林！我跟你说，张总同意放款啦！我现在在回家路上……”

亿林都能想象到她在路上手舞足蹈地和他讲话的情形。

菲菲说自己今天盯了一整天，连张总上厕所都在厕所门口堵着他，前台都和她混了个脸熟，最终张总终于被她打动，松口给钱。她说得那样轻松，甚至高兴得像孩子一样哼起了歌。

亿林突然特别地想她，可最终只挤出了一句话：“老婆，高跟鞋站了一天，你脚疼不疼啊？”

菲菲沉默了几秒说：“疼什么？等着啊，老婆马上就回家！”

我们总是很轻易地在兜兜转转中彼此相遇，又彼此错过。所幸还不太晚，她心胸宽广地原谅了他的后知后觉。

菲菲坐在出租车上，被亿林最后那一句“高跟鞋”问候，惹得红了眼睛。回想起这坎坷的一天，只有苦笑。她被父母捧在手心里，呵护到了二十多岁，结婚后亿林又对她极好，可以说是没有吃过什么苦。但是她今天刚到张总公司，就被前台下了逐客令。

“你怎么又来了？都说了，张总在开会没时间。”

菲菲当然知道所谓的开会是推脱，哪里有那么多会可以开呢？但没关系，只要张总愿意松口放款，她多等等又有什么了不起的。幸好她除了给张总买茶叶，还给自己买了两块面包，总不至于饿肚子。

坐在椅子上等待的时间显得格外漫长，时钟上的秒针滴答滴答地不停转动，菲菲不知道此刻的亿林在忙些什么，但她也并不想告诉他自己正在做的事情，怕他唠叨，更怕伤他自尊心。

这些年来，亿林一直把菲菲照顾得很好。曾经在他们的婚礼现场，亿林说他会背着菲菲，让她脚不沾地地过一辈子。而这十年来，亿林也一直在履行自己的承诺。但实际上菲菲有句话没有告诉亿林，她不需要在他背上成为他的负担。必要的时候，她也可以成为他的光。

所以就在这天下午，当张总说这件事得走流程的时候，菲菲完全抛弃了自尊与脾气，那些所谓的面子也是并不值钱的。为了心爱的人去努力，有什么可丢人的？

菲菲理直气壮且好声好气道：“您看您这流程都走了三个多月了，要再走啊，我们家老林可就无路可走了！”

菲菲就这样一直把张总堵到了厕所门口，她便不信了还有自己说不动的人。水滴石穿，铁杵成针，努力总有结果的。

菲菲看了看脚上这双高跟鞋，这还是去年结婚纪念日亿林买给她的礼物呢。她平时很少穿，这几天穿出来，看到鞋子，就知道亿林会永远在她的身后支持她。

方才下过一阵雨，很短暂，现已停了。菲菲站在家楼下，看向家的方向，客厅的灯亮着，亿林站在窗口，她朝他招手。

而亿林心中则想：当世界暗下来，你便是我的光。

雨过天晴，明天一定会是一个好天气。

尾声

丁零——丁零——丁零——

清晨时分，亿林从睡梦中被刺耳的闹钟唤醒。他睁开双眼，迷蒙当中感觉自己做了一个好长好长的梦。梦里他和菲菲已然度过了平淡而幸福的一生，他们白发苍苍，但两人的感情依然如年轻的时候那般，不够浓烈，却余味悠长，就像一杯茶一样。

亿林轻轻摇醒了身边的妻子，轻声道：“菲菲？”

菲菲睡眼惺忪地抱着他：“嗯？”

“我做了一个梦。”

“什么梦？梦里中彩票啦？”

亿林笑着摇头：“梦到咱俩变成了老头、老太太，我在梦里还给你写了很多故事。”

听到这个不一样的梦，菲菲似乎清醒了一些，拍了拍他的肩膀：

“我说老闫同志，你这都做的什么梦啊？怎么梦见我变成老太太了？你那些故事回头再讲，你现在要是再不起床，上班可又要迟到了！”

亿林笑着发出一声长长的叹息，事实证明，不管是梦里还是现实中的菲菲，都是这样的急性子，看似不懂风花雪月，但总是无声无息地把这个家打理得井井有条。就是这样的脾气，怎么办呢？自己的老婆，还是得自己疼着呗。

亿林洗漱的功夫，菲菲已经照例为他准备好了可口的早饭。临出门前，菲菲突然拉住他：“你梦里的那些故事还都还记得吗？”

“大致记得一些吧。”亿林挠了挠头回答道。

“那你晚上给我讲讲，我想听。”

亿林点点头，傻笑着拎起他的公文包出了门。不管是现实，还是梦境，他们都始终相爱，这可真好。

这是 Ta 的故事，是他的，也是她的。倘若人生真的可以重来一次，你还会重复此生的选择吗？

我们在人世间相遇，离散，重逢，所有的悲欢离合，其实都是一段书写在自己人生记事簿上的精彩故事。所有的爱与恨，都是那样刻骨铭心。如果真的有来生，我依然想同你共看余生中的每一次夕阳，就像此生一样。